일본의 풍경

권현주

지식과교양

서문

　21세기 들어 위성방송의 보급과 더불어 인터넷의 발달 등으로 일본의 사회상과 문화를 더 쉽게 접할 수 있는 환경이 되고 일본의 대중문화가 완전 개방됨에 따라 한국과 일본 사이의 인적 교류 또한 이전보다 더 활발해졌다. 2000년 이전에는 주로 유학이나 비즈니스 때문에 일본어를 배우려는 학습자가 많았던 반면, 2000년 이후에는 일본의 애니메이션이나 노래, 영화 등을 좋아해서 일본어를 배우고 싶어 하는 학습자들이 많이 증가하였다. 또한 인적 교류가 활발해짐에 따라서 개인들 간의 커뮤니케이션도 중요해졌다.

　2011년 현재 일본 관련 학과를 필두로 교양강좌로 개설된 일본 문화 강좌에 관심이 있는 학습자는 학문의 장인 상아탑에서 그 나라의 문화를 만들어 낸 사람들의 모습을 잘 알아 볼 필요가 있다고 사료된다. 그래서 이 책에서는 오랜 옛날부터 전해 내려오는 일본의 전통 사상과 생활 습관, 문헌 등을 진중한 자세로 살피고자 한다. 위에서 밝힌 환경 변화는 일본 문화 관련 서적뿐만 아니라 일본어 교재에도 영향을 미쳐 학습자들의 회화 능력 배양에 중점을 둔 교수법 도입과 회화 중심의 입문 교재를 함께 집필하는 모험을 감행하게 하였다. 일본의 역사와 사회상을 두루 살펴

보는 문화 관련 교재와 생활 속에서 쉽게 접할 수 있는 일본어회화 교재가 공존하는 양상이므로 일본어를 배우고 싶어 하거나 일본이라는 나라에 관심을 갖기 시작한 학습자들에게 지식 전달 면에서 좀 더 깊이와 재미를 더할 것이다. 이 책을 효과적으로 활용하기 위하여 다음과 같은 구성을 갖추었다.

첫째, 일본의 역사, 일본의 지형과 각 지방의 특색, 일본인의 생활상을 알아 볼 수 있는 전통 문화와 대중문화 순으로 엮었다.

둘째, 일본의 문화와 더불어 생활 속에서 쉽게 접하는 일본어를 실어 일본이라는 이웃나라를 다방면으로 살필 수 있게 하였다.

셋째, 본문에 제시된 회화문은 하나의 스토리를 가지고 자연스럽게 읽어 나가게 하였다. 이 때 필요한 문법은 입문에서 꼭 알아야 할 것만 언급하였다. 비교적 짧은 문장이므로 외워두면 그대로 실제 사용이 가능하다.

다른 외국어와 마찬가지로 일본어에도 이런 표현이 있을까? 하는 의문을 가지며 관심을 기울이게 되는 것처럼 이 책의 장점은 안내책자를 읽어 나가듯 편안하게 책장을 넘기는 사이에 일본인들의 생활습관이나 문화, 일본어 특유의 표현들을 자연스럽게 눈과 귀를 통해서 익힐 수 있다는데 있다.

저자 권현주

목차

アメ横
TOKYO
セール

일본의 풍경

제1부
일본의 역사

제1부. 일본의 역사

일본의 문화는 역사적으로 기원전 3세기경에 시작되는 청동기 문화부터 강력한 중앙 집권적 율령체제를 갖춘 국가가 성립되는 7세기 말까지 한반도의 고대 3국의 영향을 크게 받았다. 국가가 성립된 것은 4세기의 야마토 정권부터이다. 특히 6세기 중엽, 백제로부터 불교가 전래되어 불교를 정치 기초로 삼은 왕조는 710년 나라에 도읍 헤이죠쿄를 건설하였다. 그 후 쿄토로 천도하기까지 약 80년간은 나라시대라고 하는데 이 시대에 백제, 고구려 유민 등이 문화 예술 외에 생활용품, 제조 기술, 관개시설, 축조 기술 등을 일본인에게 전수하게 된다. 그 후 왕권이 쇠퇴하여 12세기 중엽에는 무가정권이 들어서 가마쿠라에 막부를 개설하였고, 1590년 도요토미히데요시에 의해 전국이 통일되어 근세 일본의 기틀이 마련되었다. 그 뒤를 이어 1603년 도쿠가와이에야스가 도쿄에 새로운 막부를 열어 300여 년간 계속되다가 1868년 신흥세력에 의해 왕정복고가 이루어지고 메이지천황시대가 개막되면서 근대 산업국가로 들어선다.

그 후 다이쇼시대(1912-1926), 쇼와시대(1926-1989)를 거치면서 1945년 이전에는 무력으로 동북아시아의 패권을 장악했고 그 후 경제력으로 아시아뿐 아니라 세계적인 강국으로 발전하였다. 이러한 일본인의 생활·문화, 외국과의 교류, 전쟁, 갖가지 사건들이 서로 얽히는 가운데 오늘에 이르렀다. 일본의 역사를 시대의 흐름에 따라 연표로 살펴보면 다음과 같다.

日本의 歷史 年表

年代	주요 내용
야마토시대 (大和時代)	女王히미코(耶馬台国)
	中国에서 漢字가 전해짐
	372 백제가 왜왕에게 칠지도를 내림(石上神宮의 七支刀)
아스카시대 (飛鳥時代)	552 백제가 일본에 불교를 전파
	552 성덕태자(聖德太子) 헌법17조 제정
	630 제1회 견당사(遣唐使) 파견, 大化의 改新 (taikakaishin)
	672 임신의 난(壬辰の乱)
나라시대 (奈良時代)	710 나라(奈良)에 수도 헤이조쿄(平城京) 건설
	712 일본 최초의 역사서 「고사기」(古事記) 편찬
	720 일본서기(日本書紀)
헤이안시대 (平安時代)	794 쿄토(京都)의 헤이안쿄(平安京)로 천도
	794 간무(桓武)왕은 셋칸정치(攝關政治) 실시
	794 율령 정치가 새로 행해짐
	794 에조의 반란으로 정이대장군(사카노우에노타무라마로)을 파견
	858 후지와라노요시후사(藤原良房)가 섭정(摂政)
	887 후지와라노모토쓰네가 관백(関白)
	894 견당사 폐지
	907 「토사일기」(기노쓰라유키)
	935 다이라노마사카도(平將門)의 난
	939 후지와라노스미토모의 난, 장원이 각지에서 만들어짐
	995 후지와라노미치나가(藤原道長)가 좌대신(左大臣)이 됨
	1069 고산죠천황의 장원(莊園) 정리
	1086 시라카와상황이 인세이(院政)를 시작
	1156 호겐(保元)의 란

헤이안시대 (平安時代)	1159 평치의 란
	1167 다이라노기요모리(平淸盛)가 太政大臣이 됨
	1185 다이라씨(平氏) 멸망
	국풍문화(國風文化) 진행, 가나문자(假名文字) 보급
	헤이안 문화「고금단가집」
	장원이 생기기 시작
	토다이지(東大寺) 대불의 개안
	천표문화「만엽집」
	「마쿠라노소시」(세이쇼나곤)
	「겐지이야기」(무라사키시키부)
	정토종(호넨)
	임제종(요우사이)
가마쿠라시대 (鎌倉時代)	1192 가마쿠라(鎌倉) 막부
	미나모토노요리토모(源賴朝)가 초대 정이대장군이 됨
	1219 호조씨가 정권 장악
	1221 죠큐의 난
	1232 호조야스토키가 고세이바이시키모쿠를 만듦
	1270 몽고의 병선(兵船) 대마도 당도
	1274 문영의 역(元의 침입),
	원나라 군사가 북구주(北九州) 침공
	고려의 병선(兵船)이 대마도 및 북구주에 상륙
	가미카제(神風) 때문에 원(元)의 병선들이 침몰
	1281 홍안의 역
	1297 막부가 덕정령을 내림
	1331 고다이고 천황이 가마쿠라 막부 토벌, 쿠데타 발발
	1333 호죠다카토키(北條高時)의 사망으로 가마쿠라 막부 멸망
	1334 겐무의 신정
	「신고금화가집」, 「헤이케 이야기」, 정토진종
	조동종(선종의 일파)(도오겐), 니치렌종 〈법화종〉(니치렌)
	「쓰레즈레구사」(요시다겐코)
무로마치시대 (室町時代)	1336 아시카가 다카우지(足利尊氏), 무로마치(室町)에 막부 엶
	1338 아시카가 다카우지, 정이(征夷)대장군이 됨

무로마치시대 (室町時代)	1368 요시미츠가 금각사를 세움
	1378 아시카가-요시미츠가 막부를 무로마치로 옮김
	1392 남·북조가 합일, 수호 다이묘(봉건영주)가 힘을 가짐
	1404 아시카가 - 요시미츠가 감합 무역 시작
	1428 최초의 무로마치시대 농민폭동
	1467 오닌(應仁)의 난 발발
	1485 야마시로노쿠니 궐기
	1488 성시가 발달, 화폐가 유통
	1543 포르투갈배가 다네가시마에 도착
	1560 오케하자마(桶狹間) 전투
	1572 미카타가하라의 싸움
	1573 무로마치(室町) 막부 멸망
	15대 장군 아시카가요시아키(足利義昭)의 쿄토(京都) 축출
아즈치· 모모야마시대 (安土·桃山時代)	1575 나가시노 싸움
	1582 혼노지의 변
	1582 야마자키전투
	1583 시즈가타케전투
	1590 도요토미히데요시가 전국통일
	1592 풍신수길, 조선침략(文祿の役)
	1597 풍신수길, 재차 조선침략(慶長の役)
	1600 세키가하라(關が原) 전투, 오사카죠 창건
	1600 도요토미히데요시가 기독교 금지
	1600 영국 동인도 회사 설립
에도시대 (江戸時代)	1603 도쿠가와이에야스(德川家康)가 에도(江戸)에 막부 설치
	1600 도쿠가와 이에야스가 정이대장군이 됨
	1615 오사카(大坂) 여름 대진(對陣)
	1635 사농공상 신분제도 확립
	1637 시마바라의 난
	1639 쇄국령
	1649 게이안의 촉서
	1657 「대일본사」편찬
	1680 도쿠가와쓰나요시가 장군이 됨

에도시대 (江戸時代)	1702 아코(赤穗)의 낭인 복수, 이나오스케(井伊直弼) 피살
	1709 아라이하쿠세키의 개혁
	1716 도쿠가와요시무네의 개혁
	1732 향보의 대기근
	1783 대기근
	1787 마쓰다이라사다노부의 관정의 개혁
	1798 곤도주조가 훅카이도 동부 탐험
	1808 페튼호가 나가사키에 입항
	1825 외국배에 철퇴령
	1832 텐포의 대기근
	1837 오오시오헤이하치로의 난
	1841 텐포의 개혁
	1854 미·일 화친 조약
	1858 미·일 수호 통상 조약
	1862 8월 나마무기 사건
	1864 6월 이케다야 사건
	1864 7월 하마구리고몬의 변(궁궐의 변)
	1864 8월 시코쿠 연합함대가 시모노세키 점령
메이지시대 (明治時代)	1867 10월 대정봉환 (大政奉還)
	1868 쿄토(京都)에서 도쿄(東京)로 천도
	1869 판적봉환
	1871 폐번치현(廢藩置縣, 봉토 폐지하고 현 설치)
	1873 징병령
	1874 민선의원 설립의 건백서
	1875 가라후토·치시마 교환 조약
	1876 조선과 수호조약 체결
	1877 서남전쟁
	1879 오키나와현이 생김
	1889 대일본제국 헌법 발포
	1890 제1회 제국 의회
	1894 청·일 전쟁
	1895 시모노세키조약

메이지시대 (明治時代)	1889 도카이도 본선의 전 노선 개통
	1890 교육 칙어
	1897 시가 키요시의 적리균 발견
	1900 의화단 사건
	1902 일·영(日·英)동맹
	1904 일·러 전쟁
	1907 6년제 의무 교육
	1910 백화 창간
	신바시·요코하마간의 철도의 개통, 태양력의 채용
다이쇼시대 (大正時代)	1912. 7 메이지(明治) 천황 사망, 다이쇼(大正)로 연호 바꿈
	1914. 8 일본이 독일에게 선전포고
	1923. 9 관동대지진
	1925. 11 동경 시내 순환전철(현재의 山手線) 개통
	1914 제1차 세계 대전 참전
	1918 쌀 소동, 하라다카시의 정당 내각
	1920 국제연맹에 가맹
	1923 관동대지진
	1925 치안 유지법 보통선거
쇼와시대 (昭和時代)	1926. 12 다이쇼(大正) 천황 사망, 쇼와(昭和) 천황 즉위
	1930 도카이도 본선에 특급 제비호 운전
	1933 국제연맹 탈퇴
	1936. 2. 26 군사 쿠데타 사건
	1937. 7 일본 독일 이탈리아 미쿠니 방공 협정
	1938 국가 총동원법
	1940 일본 독일 이탈리아 미쿠니 군사 동맹
	1941. 12 일본군 진주만 공습, 태평양전쟁 발발
	1945. 8.6 히로시마· 8.9 나가사키에 원자 폭탄 투하
	1946. 5 극동 국제군사재판, 천황의 신격 부정 선언
	1947. 5 일본국 헌법 시행(5월3일 헌법기념일)
	1949. 유가와히데키(湯川秀樹) 노벨물리학상 수상
쇼와시대 (昭和時代)	1951. 9 샌프란시스코 평화 조약 체결
	1953 아마미 제도 일본에 복귀

쇼와시대 (昭和時代)	1954 자위대 발족
	1962 국산 제1호 원자로
	1964 신간선 개통
	1964 제18회 도쿄올림픽
	1963 부분적 핵실험 금지조약에 조인
	1964. 10 토쿄·신오사카(新大阪)간 고속철도 신간선 운행 개시
	1965. 6 한·일 기본 조약 체결, 공해와 환경 파괴가 진행
	1968 오가사와라제도가 일본에 복귀
	1968. 12 가와바타야스나리(川端康成) 노벨문학상 수상
	1970. 3 일본만국박람회 EXPO'70 개최 (오사카)
	1972. 2 제11회 동계 올림픽 삿포로에서 개최
	1972. 5 오키나와가 27년만에 미국으로부터 반환됨
	1974 사토에이사쿠(佐藤榮作), 노벨평화상 수상
	1976 록히드사건 발생
	1978. 5 나리타(成田) 신도쿄국제공항 개항
	1979. 6 제5회 동경 써미트, 국제 인권 규약 비준
	1980. 연간 자동차 생산대수 1천만대 돌파, 세계 제1위
	1982. 12 음향기기 메이커 9개사가 CD플레이어 동시 발매
	1985. 5 국제과학기술박람회 츠쿠바 박람회 개막
	1987. 4 국철(國鐵) 분할 후 민영화되어 11개의 JR회사가 탄생
	1988. 6 리쿠르트주식사건 발각
헤이세이시대 (平成時代)	1989. 1 쇼와(昭和)천황 사망, 1월8일부터 헤이세이(平成) 연호
	1993. 7 제40회 총선, 자민당의 55년 체제 사실상 와해
	1995. 1 고베(神戸) 대지진

01. 일본의 형성

약 13만 년 전부터 약 2만 년 전까지 유라시아대륙과 연결되어 인류의 왕래가 이루어진 일본 열도는 빙하기와 간빙기를 거치면서 약 1만 2천년 전에 대한해협(현해탄)과 쓰가루해협의 생성과 함께 유라시아 대륙에서 완전히 분리되었다. 죠몬문화(기원전 8000년 경부터 기원전 300년까지)로 불리는 신석기문화로 이행하였다. 그 뒤에도 해진현상(海進現像)이 계속되어, 일본열도는 현재의 혼슈, 시코쿠, 규슈, 혹카이도, 네 개의 큰 섬과 수 많은 작은 섬으로 분리되었다. 한민족을 비롯한 몽골계 인종과 시베리아지역을 통해 왔다고 추정되는 아이누족, 남방 폴리네시아지역에서 온 민족들이 일본열도로 이주하여 일본인의 조상이 되었다. 이 사람들을 다른 지역에서 건너 온 사람이라 하여 도래인(渡來人)이라고 한다. 도래인들은 기원전 3세기경부터 일본열도 각지, 특히 유래지에서 가까운 규슈 지역에 씨족단위의 촌락을 형성하고 중국을 비롯한 대륙의 문화를 일본으로 전래시켰다. 이 시대의 문화를 야요이문화라고 한다. 야요이문화는 금속기의 병용(倂用)과 수도경작(水稻耕作)을 특징으로 하며, 곡물 축적과 관개용수 통제 등이 원인이 되어 계급이 분화하고, 각지에 사제자(司祭者)를 왕으로 한 소국가(小國家)가 성립되었다. 야요이문화가 일본열도에 전래되던 시기에 규슈에서 시작된 벼농사 또한 기원전 2세기 이후에는 쥬부지방에 보급되었고, 1세기 전까지 간토와 도호쿠 남부에 전파되었다. 최종적으로 3세기까지 도호쿠 북부까지 벼농사가 전파됨으로써 혹카이도를 제외한 고대 일본은 3세기에 이르러 본격적으로 농경 생활이 행해지기 시작한다. 자세히 살피면 다음과 같다.

1. 조몬시대(繩文時代 : 기원전 8세기~기원전 3세기)

일본역사에서 기원전 8.000년에서 기원전 300년까지의 신석기시대에는 조몬식토기(繩文式土器)를 사용하여 조몬(繩文)시대라고 부른다. 조몬시대인은 수렵·어획 및 식용식물의 채집으로 생활하는 사람들이었는데, 그들은 이민족이 아니라 일본인의 조상이었다는 사실이 논쟁 끝에 인류학자들이 도달한 결론이라고 한다. 그러나 제작된 조몬식토기에 현저한 지역차가 있는 점 등으로 미루어 전 국토에 걸친 집단을 구성할 만한 결합관계는 없었던 것으로 여겨진다. 한편 유적의 밀도로 보면 혼슈 중부의 동북쪽이 서남

조몬식 토기

쪽보다 그들의 생활무대로 적합했던 것으로 여겨진다. 지금도 일본 각지에서 새끼줄 모양의 토기가 발굴 되고 있다. 이 시기는 활과 화살을 이용한 사냥, 패총에서 볼 수 있는 어로, 식물채집 등으로 생활을 영위하는 사람들로서 타제석기, 마제 석기, 골각기 등을 사용 하였으며 일본인들의 조상이 된다. 구석기시대와 죠몬시대의 차이점은 토기의 출현이나 수혈, 주거의 보급, 패총 형식 등을 들 수 있다.

2. 야요이시대(彌生時代, 기원전 3세기경~3세기)

BC 3세기경 일본 혼슈 중부의 서남쪽에 한반도에서 미작(米作) 농업이 전래되어 야요이(彌生) 시대가 시작되자 일본 역사는 커다

란 전환기를 맞게 된다. 시대 구분 명칭은 이시기에 특징적으로 보인 야요이 토기에서 유래한다. 야요이토기(彌生土器)는 고온에서 구워진 얇은 토기로서 벼의 흔적이 발견된 점으로 미루어 이 시대에 이미 집단에 의한 농경작업(農耕作業)이 행하여 졌다는 것을 알 수 있다. 이외에도 야요이 시대인은 금속기를 사용하여 도검(刀劍) 등 무기 외에 동탁(銅鐸) 등 제기(祭器)를 제작하였다. 야요이시대에는 조몬시대와는 비교가 될 수 없을 정도로 생산력의 발전 속도가 빨라지고 움집(竪穴住居)에 바닥이 높은 곡물 저장창고가 있는 취락이 100호 이상 발달하였다. 아직 공동체적인 사회 구성이긴 하면서도 족장(族長)이 존재하고 사유재산과 신분·계급의 제도가 싹트기 시작한 사실은 유물·유적 및 문헌으로써 추정할 수 있다. 이때는 소국가적인 사회조직이 있었으며 국가 통일의 기운이 성숙되어 있었다.

벼농사를 중심으로 하는 농경 사회가 성립되어 북부 큐슈에서 혼슈 최북단의 이북을 제외(혹카이도와 북부 동북 지방에서는 벼 경작이 수용되지 않고 계속 조몬시대 형태가 유지됨.)한 일본 열도 각지로 급속히 퍼졌다. 농경 사회의 성립에 의해 지역 집단이 형성되었다.

지금도 일본 각지에서 밧줄 무늬 모양이 새겨진 토기가 발견되고 있다. 조몬 문화와 야요이문화는 서로 다른 문화를 가진 사람들에 의한 것이라고 하며, 일본인의 뿌리를 찾는데 지금도 학자들의 관심을 모으고 있다고 한다.

야요이식 토기

3. 야마토시대(大和時代, やまと : 4세기~8세기 초반)

　야마토정권(大和政權)이 탄생한 것은 3세기부터 4세기 초이다. 많은 분묘가 조영된 고분시대인 4세기 초에는 긴키내의 야마토를 중심으로 하여 기타큐슈까지를 포괄하는 통일국가가 생겨나서 점차 전국을 지배하게 되었으며, 세습제를 확립한 오키미(大君:王)가 군림하였다. 소국(小國)의 수장(首長)들은 조정 내부에서 귀족계급을 형성하여 성(姓, 가문의 격을 표시했던 세습적인 칭호)을 수여받고, 광대한 토지와 백성을 소유하였다. 당시 일본에는 고유의 문자가 없고, 5세기 전후에 중국의 한자(漢字)가 전래되었다, 서기 1세기에 들어서 세력 있는 왕들과 계급적인 군부 사회가 봉기하였는데, 이 시대를 야마토 시대라 한다. 4세기 말엽, 백제에서 한자(漢字)·유교가 전래되고, 6세기 중엽에는 역시 백제로부터 불교가 전래되어 일본의 문화수준이 급격히 높아졌으며, 불교를 정치기조로 삼은 쇼토쿠태자(聖德太子) 등에 의해 각지에 많은 사찰이 건립되었다. 뒤이어 645년에 씨성(氏姓)사회를 타파하고 중앙집권적인 율령국가를 수립할 것을 목적으로 다이카개신(大化改新)이 단행되었으며, 덴무(天武)왕의 강력한 지도력으로 왕의 신성(神聖)이 강화되어 왕을 정점으로 하는 중앙집권적 율령체제가 확립되었다. 야마토왕권의 본거지가 아스카이므로 아스카시대라고도 불린다. 6세기 후반 야마토정권의 국내 지배가 안정되자 오히려 왕권 내부의 왕위 계승 항쟁이 눈에 띄었다. 이시기에는 백제에서 불교 전래 이후의 아스카문화, 하쿠호문화 등의 불교 문화로 발전하였다. 6세기 말에서 7세기 전반에 걸쳐 쇼토쿠 태자와 소가씨에 의해 수나라의 헌법도입 등 국정개혁을 단행하였다. 그러나 호족층의 저항도 강해, 권력 집중화는 이후에도 기도되었지만, 그 움직임은 부진하다. 7세기 중엽 다이카개신도 권력 집중화의 움직임의 하나이며, 일정한 진전을 보였다. 그러나 권력 집중화의 가장 큰 계기는 7세기 후반 백제 부흥전쟁의 패배이며, 왜국의 여러 세력은 국가 제도정비를 추진하기로 합의하고, 권력 집중화가 급속하게 진행되었다. 천무천황은 권력 집중을 철저히 하고, 천황의 신격화를 도모하였다. 아울러, 황제 지배를 실현하기 위해 율령제의 도입을 진행, 8세기 초 다이호 율령제정에 결실을 맺었다. 일본이라는 국호 역시 다이호 율령 제정 전후에 정해졌다.

4. 나라시대 (奈良時代, 710~794)

7세기가 되어 쇼토쿠태자(聖德太子)가 국정을 담당하고, 중국(中國)의 수(隋)와 국교(國交)를 맺어 17조(條)의 헌법을 정하였고, 당문화(唐文化)를 흡수한 조정은 중국으로부터 불교와 불상이 전래되어 호류지(法隆寺)와 불상이 만들어지고, 710년 나라(奈良)에 광대한 도성 헤이조쿄(平城京)를 건설하였다.

호류지(法隆寺)

그 후 교토(京都)로 천도하기까지의 약 80년간을 나라시대라고 부른다. 이 시대에 조정에서는 국력을 기울여서 대불(大佛) 및 여러 거찰(巨刹) 조영을 추진하였기 때문에 현란한 불교문화가 꽃피었다. 백성을 지배하는 율령체제(律令體制)가 완성된 것이 나라시대(奈良時代)이다. 이 체제는 9세기까지 계속 되었지만, 장원(莊園, 사유지)을 소유한 귀족사회의 출현으로 붕괴되어 갔다.

5. 헤이안시대(平安時代: 794~1192)

794년에 간무(桓武) 천황은 교토(京都)에 헤이안쿄(平安京)를 세우고 도읍을 옮기고 율령체제의 재편성을 시도하였다. 이때부터 가마쿠라 바쿠후가 개설되기까지의 기간을 헤이안시대(平安時代)라고 하며 귀족문화가 중심을 이루었다. 이 시기 승려 사이초(最澄)에 의해 천태종(天台宗)이, 구카이(空海)에 의해 진언종(眞言宗)이 크게 보급되었고, 사찰은 광대한 사령(寺領)을 소유하면서 권세를 부렸다. 또 귀족들 사이에 국풍문화(國風文化)가 일어나서 가나 문자(假名文字)가 보급되었다. 간무(桓武) 왕의 노력에도 불구하고 율령제는 붕괴되고, 각지에 무사단(武士團)이 지반을 구축하기 시작했다. 나라시대부터 점차적으로 진행되었던 문화의 국풍화가 한자를 바탕으로 만들어진 히라가나와 가타카나를 사용하기에 이른다. '겐지 이야기', '마쿠라노소시' 등의 여류문학과 귀족들의 일상생활을 기록한 일기 등을 통해서도 당시의 생활을 엿볼 수 있다. 대표 되는 이야기 문학이 꽃을 피웠다. 밀교와 말법사상이 널리 믿어지고 신·불·습 합의가 진행되어, 사원이 많이 지어졌다. 문화 측면에서 '일본 서기', '만요슈', '풍토기' 등이 있다. 견당사가 가져온 대륙 문화에 영향을 받은 천평문화가 번창했다. 불

교에서는 진호 국가사상이 강해지고, 쇼무의 발원으로 도다이지
(東大寺), 고쿠분지가 국가 수호의 명목으로 건립되었다.

겐지이야기 그림본(源氏物語絵巻)

02. 중세(가마쿠라 · 무로마치)

헤이안시대(平安時代) 중엽부터 농업 생산력이 향상되어 실력자
가 출현하고 무사(武士) 계급이 힘을 키워가기 시작하였다. 그 중
에서도 헤이시(平氏)와 겐지(原氏) 일가가 가장 유력했는데, 1185
년「단노우라전투」에서 겐지 씨족이 헤이시 씨족을 물리치고
1192년 미나모토요리모토(源賴朝)가 가마쿠라(鎌倉)에 막부(幕府)
를 설치한다, 그래서 에도시대(江戸時代)까지 약 700년간 지속되는
무신정치가 시작된다. 겐지(源氏)의 쇼군(壯軍)은 3대째로 끊겼고,
그 뒤 호조(北條氏)가 집권하여 막부의 요직 싯켄(장군에게 조언하는

역할)에 있을 때, 교토에 있는 조정(朝廷)과 싸움이 벌어졌다. 막부군은 조정군을 물리쳤으나, 두 번에 걸친 원나라(元) 쿠빌라이와의 전투(1274년 약 4만 대군, 1281년 고려군 포함 14만 대군)로 막부의 힘이 약해졌다. 전투에 참가한 고케닝(가신 무사)들은 갑옷, 투구, 무기, 말 등을 갖추고 병사를 고용하는 등 많은 전투비용을 부담했지만, 막부로부터는 아무런 보상도 받지 못해 불만을 품은 무사들이 늘었다. 결국 왕은 이들 무사의 힘을 빌어 가마쿠라 막부를 멸망시키고 조정 중심의 정치를 시작했다. 그러나 그것도 잠시, 무사인 아시카가 일가를 중심으로 한 무로마치 막부가 다시 교토에 설치되어 240년 동안이나 지속되었다. 미나모토 요리모토는 가마쿠라를 근거지로 하여 각지에 슈고와 지토를 두어 지배력을 전국으로 확장시켜 나갔다. 슈고는 군사와 치안, 그리고 지토는 그 해의 공물을 거두는 역할을 했다. 이 시대는 귀족과 승려, 무사 계급뿐 아니라 서민들 사이에서도 문화가 꽃피었다. 노와 교겐이 유행했고, 교토에서는 견직물인 니시진과 도검 제조 등의 수공업이 발달했다. 이 시대에는 세토아니카이와 동해연안에도 항구도시가 번성하여 일정한 날이면 장이 서 갖가지 물건을 사고 팔았다. 무로마치시대(室町時代) 중엽, 장군의 후계 문제를 둘러싸고 「오닌의 난」이 일어났는데, 이후 일본 각지에서 실력 있는 무사와 영주들이 서로 싸움을 벌여 전란(戰亂)이 100년 동안이나 계속된다. 오다노부나가(織田信長)는 처음으로 포르투갈에서 전해진 총포(銃砲)를 전투에 사용하여 천하를 통일하였다. 1549년, 성프랜시스자비엘이 기독교를 전파했고, 노부나가(信長)는 이를 보호한다. 자세히 살펴면 다음과 같다.

1. 가마쿠라시대(鎌倉時代, 1192~1333)

11세기 이후 일본은 중앙집권적 국가 체제로 변모하였으나 지방 주민들의 생명과 재산을 보호할 정도로 막강한 것은 아니었기 때문에 지방에서는 지역 주민 스스로가 사회 질서를 유지해야만 했다. 헤이안시대 후반, 지방에서는 호족과 부농들이 자신들이 개간한 농지를 사유화하고 이를 지키려고 스스로 무장하게 되었는데 이것이 발전하여 무사(武士) 계층이 되었다. 처음에는 지방 호족들을 위해 움직이던 무사들은 점차 실력을 인정받아 천황가에서 탈락되어 지방으로 내려온 방계 후손을 중심으로 강력한 세력을 형성하였다. 한편 무사들의 성장과 더불어 11세기 후반 후지와라씨와 무관한 고산조천황이 대대적으로 장원을 정리하고, 1086년 시라카와천황이 인세이를 통해 번잡한 법령을 무시하고 빠른 개혁을 추진하고자 하였으나 이로 인하여 상황 측과 재위 중인 천황 측이 서로 권력 대결을 벌이는 상황도 일어났다. 그리고 한 세기에 달하는 원정기간 동안 계속된 암투 속에서 절대적 세력으로 성장한 무사계층들 간의 긴장은 결국 왕실과 귀족들이 미나모토씨와 다이라씨를 앞세워 호겐의 난과 헤이지의 난을 통하여 내란을 치르는 극단적인 상황까지 초래하였다. 두 차례의 난 끝에 미나모토씨를 거의 전멸시킨 다이라씨의 다이라노기요모리가 권력을 잡았다가 오래지 않아 병사하고, 남은 다이라씨 또한 미나모토씨의 후손인 미나모토노요리토모에 의하여 궤멸되고 만다. 미나모토노요리토모(源賴朝)는 1192년 지쇼 주에이의 난에서 승리하여 헤이 정권을 타도하고 그 과정에서 중앙의 조정(문신정권)과 더불어 가마쿠라에 바쿠후를 열고, 각국(各國 : 國은 고대 이래의 일본의 지방행정단위)에 슈고(守護 : 군사 및 반란 진압 등을 맡은 관리)·

지토(地頭 : 토지관리·年貢 징수 등을 맡은 관리)를 두어 세습적인 무가
(武家)정권을 수립하였다. 12세기후반부터 14세기경까지 미나모
토에 의한 바쿠후가 가마쿠라에 존속한 기간을 가마쿠라시대(鎌倉
時代)라고 한다. 다이라씨를 섬멸하고 정치적으로 입지를 다진 미
나모토노요리토모는 12세기 말 가마쿠라(鎌倉)에 무사 계층이 정
치를 하는 체제인 막부를 만들어 절대적인 권력을 행사한다. 그
러나 미나모토가 바쿠후를 연후에도 종래의 귀족세력도 쇠퇴하
지 않아 귀족과 사사(社寺 : 神社와 寺刹) 등 장원의 영주적 지배와 무
사의 영주적 지배의 이원 지배가 지속되었다. 그러다가 요리토모
사후 자손들의 대가 끊기면서 미나모토노요리토모가 창시한 가
마쿠라바쿠후의 실권은 쇼군(將軍 : 막부의 세습적인 국가통치권자 밑에
서 정치를 통괄하는 싯켄(執權)의 직을 맡은 호조(北條)) 일족에게 넘어가
호조씨의 싯켄정치를 통해 명맥을 이어나갔다. 호조씨의 싯켄정
치 체제는 2회에 걸친 원(元) 세조 쿠빌라이의 일본 정벌을 막아
내고, 1221년 조정의 권력 회복을 꾀하고자 고토바(後鳥羽)천황이
일으킨 난을 진압하여 지배권을 확립하였으나, 바쿠후의 지배체
제 쇠퇴와 더불어 각지에서 바쿠후 반대의 기운이 고조되는 가운
데, 지방 무사(武士)의 파악에 실패하여 결국 지지기반을 상실한
다. 그러자 1333년 그 세력을 규합한 고다이고(後醍)천황은 미나
모토씨의 후손이라고 주장하며 싯켄정부를 배신한 아시카가다카
우지와 함께 가마쿠라를 공격하여 가마쿠라 막부를 멸망시킨다.

2. 무로마치시대(室町時代, 1338~1573)

14세기부터 16세기경까지는 무로마치시대라고하며, 쿄토 교외
의 무로마치에 쇼군의 저택을 두어 무로마치시대(室町時代)가 시

작되었다. 가마쿠라 바쿠후가 무너진 뒤 고다이고왕은 왕 독재에 의한 관료국가의 수립을 기도하였으나 무사계급의 반대에 부닥쳤다. 고묘천황으로부터 세이이타이쇼군 직위를 하사받은 무사 출신의 아시카가다카우지(足利尊氏)가 14세기 중엽 겐무 식목 17조를 제정하고 새로운 왕을 옹립하여 북조(北朝)를 세우자 한동안 남북조(南北朝)가 대립하는 내란이 지속되었으나, 결국 아시카가가 승리하여 1336년 남조선에 북조를 옹립하고 교토의 무로마치(室町)에 막부(바쿠후)를 세웠다. 무사 출신의 아시카가다카우지(足利尊氏)가 새로운 왕을 옹립하여 북조(北朝)를 세우자 한동안 남북조(南北朝)가 대립하는 내란이 지속되었으나, 결국 아시카가(足利氏)가 승리하여 카마쿠라막부(鎌倉幕府)를 멸망 시키고 교토(京都)에 무로마치바쿠후(室町幕府)를 세웠다. 막부는 경제적 권한 승인 및 수호 청의 확대 등을 통하여 국내 지배력을 강화하고 국위(国衙) 기능을 가져와 수호 다이묘로 성장하고 수호 영지제라는 지배 체제를 구축하였다. 바쿠후에서 임명한 슈고는 점차 독립하여 임국(任國)을 영지화하고 슈고다이묘(守護大名), 즉 슈고의 신분에서 성장한 다이묘(大名, 領主)가 되었으며, 다시 그들이 완전히 독립하여 상호 항쟁하는 전국(戰國) 다이묘가 됨으로써 전국시대(戰國時代)로 접어들었다. 그러나 무로마치 바쿠후는 처음부터 기초가 취약하여 내분이 잦더니, 마침내 중앙정부로서의 위력을 상실하고 교토를 중심으로 한 일개 지방정부 체제에 불과한 처지가 되었다.

무로마치 바쿠후가 명맥을 유지한 1572년까지를 무로마치시대(室町時代)라고 하는데, 이 시대에는 전국시대가 겹치기도 하여 고대에서 전해 내려온 문화재를 많이 상실하였으나, 반면 귀족화한 신흥 무사계급의 성장과 더불어 기타야마문화(北山文化) · 히가시야

마(東山)문화로 불리는 문화가 일어나고, 정토종(淨土宗)을 비롯한 많은 신흥종파가 발생하였다. 또 화폐경제의 발전에 따라 일어난 도시의 상공업자들의 경제력을 바탕으로 다도(茶道), 가도(華道, 꽃꽂이), 노가쿠(能樂), 교겐(狂言), 수묵화(水墨畵) 등 새로운 문화가 일어났다. 문화는 계층적으로는 귀족에서 무사로, 지역적으로는 교토에서 각 지방으로 확산되었다.

03. 근세(아즈치/모모야마/에도)

노부나가(信長)가 살해된 뒤, 천하를 통일한 것은 도요토미히데요시(豊臣秀吉)이다. 히데요시는 오사카 성을 세우고 성하촌에 많은 가신과 상인, 직인들을 모았다. 그 결과 오사카는 커다란 성시를 이루어 상공업이 발달했다. 농민에게는 토지 조사를 실시하여 전답 및 면적을 조사하고 조세를 매겼다. 또한 도검회수를 실시하여 칼, 창, 총 등의 모든 무기를 빼앗긴 농민들은 마을을 떠나거나 신분을 바꿀 수가 없게 되었다. 히데요시는 기독교를 탄압했고, 두 차례에 걸쳐 조선을 침략하고자 했으나, 전쟁 중에 죽게 된다. 히데요시 사후, 도쿠가와 이에야스(德川家康)가 1600년 「세키가하라 전투(關が原戰鬪)」에서 승리하여 정권을 장악한다, 이에야스는 에도(江戶, 지금의 도쿄)로 막부를 옮기고, 참근교대,「산킨코타이」(參勤交代)라는 제도를 만들어 전국 26여 다이묘(大名)의 처자(妻子)를 에도(江戶)에 살게 하였을 뿐만 아니라 大名도 에도(江戶)와 영지에 1년씩 번갈아가며 살도록 해, 왕복시 막대한 비용이 들게 되어 힘을 비축하지 못하도록 하였다.

이 시대의 일본 상인들은 막부로부터 허가를 받은 무역선(朱印船)

을 타고, 동남아시아 등 여러 나라와 교역을 하였다. 외국과의 무역이 활발해지자 기독교 신자들도 늘어나게 되었다. 막부는 기독교로 인해 정치가 혼란에 빠질 것을 우려하여, ㅋ이를 금지하였을 뿐만 아니라 일본인이나 일본배가 외국에 나가는 것은 물론 외국에서 되돌아오는 것도 금지할 정도로 쇄국정치를 강화 하였다. 에도시대(江戸時代)는 사농공상(土農工商)이라는 신분제도가 있어 무사만이 양 칼을 지닐 수 있는 특권 을 가지고 있었다. 1853년 우라가시(浦賀)에 페리가 이끄는 아메리카 합중국의 군함이 나타나 200년이나 계속된 쇄국(鎖國)에 종지부를 찍게 되었다. 에도시대에도 오사카는 일본 제일의 상업 도시로서 번성했다. 이하라사이카쿠(1642~93)의 『니혼에이다이구라』에는 쌀이 배로 운반되는 모습과 「수천채의 도매상이 이웃하여」 번성한 모습이 묘사되어 있다. 이 시대에는 사(무사), 농(농민), 공(장인), 상(상인)의 신분이 뚜렷하게 구별되었다. 무사들만이 성을 가졌고 두 자루의 칼을 차는 특권을 누렸다. 반면, 서민 문화가 번성하여 사람들은 가부키와 인형극을 즐겼으며, 풍속화도 생겨났다. 자세히 살피면 다음과 같다.

오다노부나가

토요토미히데요시

도쿠가와이에야스

1. 전국시대(戰國時代, 1477~1573)

무로마치 막부는 남북조 시대를 종식시킨 3대 쇼군 아시카가요시미쓰(足利義滿) 대에 이르러 명(明)과 국교를 열어 무역이 성행하면서 무로마치 문화를 이룩하였다. 이 시대에는 구케(公家)와 부케(武家)의 문화가 융합하여 동산문화(東山文化)가 번성했다. 그러나 아시카가 요시미쓰 사망 이후, 슈고(守護)가 영주화(領主化)하여 성장한 슈고 다이묘들이 차기 쇼군 계승 후보들을 앞세워 암투를 벌이면서 막부의 체제는 크게 흔들리기 시작하였고, 결국 1467년에 발발한 오닌의 난과 더불어 일본은 각 지방의 다이묘들이 난립하여 센고쿠 시대로 돌입하였다. 무로마치 시대의 '오닌(應仁)의 란'의 수습에서, 무로마치의 마지막 장군인 아시카가요시아키(足利義昭)가 쿄토에서 추방되고 노부나가(信長)의 패권이 확고해진 때까지를 전국시대라고 한다. 센고쿠 시대 초반에는 여전히 각 지역에서 유력자였던 슈고 다이묘가 할거(割據)하며 위세를 떨쳤으나, 곧 슈고 다이묘들 대신 장원을 경영하며 실력을 키운 센고쿠다이묘와 고쿠닌들, 그리고 호조 소운이나 사이토 도산과 같이 미천한 신분이나 대중의 지지를 얻은 사람들도 슈고 다이묘들을 타도하고 지역의 새로운 지배자로 부상하였다.

16세기 중엽 기독교와 총이 전해졌는데, 기독교는 선교사들의 희생적인 포교로 침투되었고, 총은 센고쿠 다이묘의 전술·축성법(築城法) 등에 결정적인 영향을 주었다. 이 과정에서 16세기 후반부터 두각을 드러난 우에스기 겐신, 다케다 신겐, 호조 우지야스, 오다 노부히데, 모리 모토나리 등이 크게 세력을 불려 경쟁하였으나, 결국 오다 노부히데의 아들인 오다 노부나가와 그의 수하 도요토미 히데요시가 전국을 통일하고 새로운 지배체제가 탄생함으로써 센고쿠 시대는 막을 내린다. 전국의 다이묘 세력은 중세적인 지배 체계를 서서히 무너뜨리고 국법을 결정하는 등 각지에서 자립화를 강화했다. 지역 국가로 발전하여 일본 각지에 지역 국가가 많이 병립했다. 이 지역 국가 내의 중앙 통치 체제를 다이묘영지제라고 한다. 지역 국가 간의 정치 경제적 모순은 무력에 의해 해결을 도모했다. 이러한 흐름 속에서 16세기 중반에 등장한 오다 노부나가는 병사 농 분리 등을 통해 자기 영토의 무력을 강력하게 조직화하여 급속하게 지배 지역을 확대 하였다. 이 시대는 농업 생산력이 향상되고, 지역 국가의 유통이 발달하였고, 각지에 도시가 급속하게 형성되어 갔다. 또한 유럽과의 교역(남만 무역)이 시작되어 기독교 등이 전래되어 일본의 종교 관념에 큰 영향을 주었다.

2. 아즈치모모야마시대(安土桃山時代, 1573~1600)

무로마치 바쿠후가 끝난 1572년부터 도쿠가와 이에야스(德川家康)가 적대세력을 물리치고 1603년에 바쿠후를 열기까지의 시대를 아즈치모모야마시대(安土桃山時代)라고 한다. 전국시대 말기에 오다노부나가(織田信長)는 중앙으로 진출하여 무로마치 쇼군(將軍) 아시카가요시아키를 추방하고 무로마치막부를 대신하여 정권을 수립하였다. 하지만 노부나가가 혼노지(本能寺)에서 자살을 하면서 천하 통일사업은 그 뒤를 이은 도요토미 히데요시(豊臣秀吉)가 전국을 통일하였다. 히데요시는 노부나가의 정권을 모체로 하여 동북에서 규슈에 이르는 지역을 평정하고, 통일 사업을 완료했다. 히데요시의 천하 통일은 정치, 경제의 안정이 초래되면서 다이묘, 사무라이를 중심으로 크고 호화로운 모모 야마 문화가 번

영 하였다. 이 시대는 웅장한 성관(城館)의 조영과 호화로운 무사 저택의 건축 등을 중심으로 한 모모야마문화(桃山文化)가 결실을 맺었다. 또 이 시대에는 새로운 문물이나 기독교가 전래되어 이른바 남만문화(南蠻文化)가 일어나기도 하였다.

도요토미는 전국 통일을 완수하기 전부터 검지(檢地), 즉 농지측량이나 농민소유의 도검몰수 등을 단행하여 봉건적 토지소유제 확립과 신분제의 확립을 도모하였다. 1590년에 통일을 완수한 도요토미는 1592~93년, 1597~98년의 두 차례에 걸쳐 조선을 침략하여 조선에 막대한 전쟁 피해를 주었음에도 불구하고 고전을 거듭하다가 전쟁에 실패한 채 1598년 그의 사망을 계기로 도요토미 정권은 약화되어 갔다.

3. 에도시대(江戸時代, 1603~1868)

도쿠가와 이에야스가 에도(江戸 : 현재의 東京)에 도쿠가와 바쿠후(일명 에도 바쿠후)를 개설한 뒤 메이지유신(明治維新)으로 폐쇄하기까지의 약 260년 동안을 에도시대(江戸時代)라고 한다. 바쿠한(幕藩) 체제 밑에 사농상공(士農商工)의 신분을 고정하고, 기독교 금지를 구실로 쇄국(鎖國)을 행하고, 후에는 유교적 교화(敎化)도 이용하면서 전국 지배를 강화했다. 태평 무드의 지속은 교통·상공업의 발전과 시정인(市井人)의 대두, 화폐 경제의 성립, 다수의 도시 출현을 촉진시켰고, 에도와 오사카를 중심으로 겐로쿠 문화(元祿文化), 화정기(化政期)의 문화를 번성케 했다. 도쿠가와 이에야스와 도쿠가와 히데타다가 20년에 걸쳐 안정시킨 막부를 이어받은 3대 쇼군 도쿠가와 이에미쓰는 중신들에게 유교 사상을 철저히 연구할 것을 지시했고, 한편으로 도쿠가와 미쓰쿠니 등은 《대일본사》와 같은 역사서를 편찬하는 등 문치(文治)를 지향하였으며, 이를 바탕으로 5대 쇼군 도쿠가와 이에쓰나 대에 에도 막부는 겐로쿠 호황이라고 부르는 최대의 전성기를 맞이했다. 그러나 경제의 실권을 쥔 도시민의 힘은 한편으론 무사의 권위를 실추시키고, 농민의 궁핍화와 거듭되는 재해는 농민폭동을 빈발하게 하여 바쿠한 체제는 내부로부터 무너지기 시작했다. 심각한 낭비와 더불어 1657년 발생한 메이레키 대화재 이후 겐로쿠 호황으로 쌓인 탄탄한 재정은 점차 바닥을 드러내기 시작했고, 이를 해결하기 위해 금·은화의 가치를 떨어뜨려 새로 화폐를 주조하여 그 차익으로 재정을 충당하였다. 그러나 이로 인한 화폐 가치의 저하와 함께 급등한 물가로 서민들의 생활은 더욱 궁핍해졌다. 뒤를 이은 도쿠가와 이에노부는 겐로쿠 화폐 대신 양질의 새로운 화폐인 쇼토쿠 화폐를 주조하고 금은의 유출을 막기 위해 쇼토쿠 신령을 발표, 나가사키 등의 무역항에 들어올 수 있는 외국 선박 수와 무역액을 크게 제한·삭감하는 등 겐로쿠 호황 직후에 일어난 경제적 동요를 막고자 노력했다. 그러나 겐로쿠와 쇼토쿠 시대의 짧은 호황을 지나면서 견고했던 막부 체제는 점차 모순을 드러내기 시작했다. 이에노부 대에 겐로쿠 화폐를 대신할 화폐가 주조된 이후 몇대에 걸쳐 계속 화폐의 질과 주조량을 변화시켜가면서 재정을 보충하고자 했고 직할령의 농민들에게 과중한 세금을 부과하기도 했으나 역부족이었다. 이러한 재정난 속에서 제8대 쇼군이 된 도쿠가와 요시무네는 이에야스시대의 정치 제도를 바탕으로 교호 개혁을 단행하였고, 제9대 쇼군 도쿠가와 이에시게 대에는 다누마 오키쓰구 등 다누마 씨를 중심으로 하여 재정 회복을 꾀하였지만 결국 당대에 일어난 기근과 같은 자연 재해로 인하여

실패, 결국 실각하게 되었다. 그러자 고산케계층 등은 이에 대한 책임을 다누마씨에게 물어 실각시켰다.

04. 근대(메이지 · 다이쇼 · 쇼와)

도쿠가와 제 15대 장군에 이르러 정권이 왕에게 넘어감으로써, 가마쿠라 막부가 열린 이래 700년간 계속된 무사 시대가 끝났다. 에도를 도쿄라 하고 연호도 메이지라 하였다. 1871년에는 번을 폐지하고 현이라 했으며(폐번치현), 현에는 정부에서 임명한 지사를 파견했다. 이제까지의 신분제도였던 사농공상을 없애고 국민은 누구나 평등하다고 선포했다. 이로써 평민(농공상)들도 성을 갖게 되었고, 직업이나 거주지도 자유롭게 고를 수 있게 되었다. 정부는 빠른 기간 내에 외국을 따라 잡기 위해 근대 산업을 일으켜 각지에 공장을 세웠고, 강한 군대를 만들기 위해 징병 제도를 실시했다. 여기에 드는 비용은 세금으로 충당했다. 국민에게는 병역과 납세의 의무가 주어졌다.

1894년, 일본은 조선에 대한 지배권을 얻기 위하여 중국과 청일전쟁을 일으켰고, 1904년에는 중국 동북부를 둘러싸고 러시아와 대립하여 러일전쟁이 일어났다. 러일전쟁 뒤, 일본은 조선을 병합하여 식민지로 삼았다. 그리고 군인이 실권을 장악하면서 일본은 군국주의의 길로 들어섰다. 1931년, 일본군은 만주를 공격하여 15년에 걸친 중일전쟁이 시작되었다. 일본은 중국 침략과 그 뒤의 인도차이나 침공으로 미국 및 영국과 대립하였고, 1941년 제 2차 세계 대전에 돌입했다. 1945년 미군이 히로시마와 나가사키에 원자 폭탄을 투하했고, 일본 정부는 연합국측의 포츠담 선언을 받아들여 항복했다. 전후, 일본은 민주국가로 거듭 태어났다. 이제까지의 「대일본제국 헌법」을 대신하여 「일본국 헌법」이 만들어졌다. 국민 주권, 기본적 인권의 존중, 평화주의를 내건, 이제까지 없었던 새로운 헌법이다. 자세히 살피면 다음과 같다.

1. 메이지시대(明治時代, 1868~1912)

일본은 대정봉환에 의해 조정이 왕정복고를 선언하고, 조신(朝臣)과 반(反)바쿠후의 주동 세력인 사쓰마한(薩摩藩), 조슈한(長州藩) 등 서남웅한(西南雄藩)을 중심으로 하는 신정부를 수립하여, 공의 세론(公議世論)의 존중과 개국 진취의 방침을 밝힌 5개조의 서문(五箇條ノ御誓文)을 발표하였다. 신정부는 전국을 진압한 후 에도를 도쿄로 개칭하여 수도로 삼고, 원호(元號)를 메이지(明治)라고 고쳤다. 또 봉건적인 여러 제도를 폐지하고, 급속한 근대국가로의 전환을 꾀하였다. 정부는 문명개화라고 불린 구미(歐美)의 기술·제도의 직수입을 추진하는 한편, 왕을 신격화하고 신도(神道)에 국교적(國敎的)인 성격을 부여하였다.

문화면에서는, 구미에서 새로운 학문 예술 문물이 전래되어 그 모양은 문명개화라고 에도시대 이전과 크게 다른 문화가 진화했다. 언문일치와 헨타이 가나강화, 표준어의 보급이 진행되고, 현대 일본어가 성립되었다. 종교 면에서는 기존의 신불混交가 바뀌(신·불 분리), 사 청구 제도가 폐지되었다. 신사는 행정 조직에 포함되어, 황실을 중심으로 하는 국가 신도로 재편되어 간다. 기독교 선교도 허용되었다.

2. 다이쇼시대(大正, 1912~1926)

다이쇼 천황1911년에 성립된 제2차 사이온지 내각은 행정 및 재정의 정리와 감세를 추진하는 긴축(緊縮) 정책을 추진하였다. 그러나 중국의 신해혁명에 위협을 느낀 제국 육군은 한반도에 주둔시킬 제국 육군 제2사단의 증설을 정부에 강하게 요구하였고, 정부는 내각회의를 거쳐 이를 거부하였다. 이에 대하여 제국 육군대신 우에하라 유사쿠가 사표를 내는 사건이 벌어져 제2차 사이온지 내각이 총사직하고, 뒤를 이은 제3차 가쓰라 내각은 천황을 앞세워 의회에 영향력을 행사하여 의회를 경시한다는 비난을 받았다. 그러자

다이쇼 천황

미노베 다쓰키치, 입헌국민당의 이누카이 쓰요시, 입헌정우회의 오자키 유키오 등이 중심이 되어 족벌(族閥)의 타파와 헌정옹호를 내건 호헌 운동(護憲運動)이 전국적으로 확산되어 가쓰라 다로와 이하 내각이 성립 50일 만에 퇴진하는 다이쇼 정변이 발생하였다.

일본은 영일 동맹을 기반으로 1914년에 발발한 제1차 세계 대전에 참전하여 승리하고 열강의 하나로 꼽히게 되었다. 일본은 제1차 세계 대전을 발판으로 중국 또한 침략하기 시작하여 위안스카이 정권에게 불평등 조약을 맺도록 하여 중국의 주권을 침해했다가 5·4 운동과 같은 격렬한 배일(排日) 여론에 밀려 실패하자 1918년 소련에 대항하는 러시아 백군을 도와 7만 2천여명의 병력을 파견하였다가 패배하는 등 다이쇼 시기의 중국과 시베리아 지역에 대한 침략 활동은 번번히 실패하였다. 이러한 침략 활동의 실패에도 불구하고 일본은 제1차 세계 대전을 통해 경제 불황과 재정 위기를 모두 극복하고 값싼 공장제 상품을 아시아 지

역으로 수출하여 막대한 무역 이익을 취했지만 오래지 않아 유럽 국가들의 생산력 회복으로 인하여 수출이 축소되면서 무역이 적자로 전환하고 1923년 9월 1일에 일어난 간토 대지진으로 인해 게이힌 지역의 상공업 지대가 초토화되면서 다시 불황이 찾아온다. 1929년에 발생한 세계 대공황으로 일본 자본주의의 모순은 최대한으로 드러나는 등 불황이 한층 더 심화되자, 보수 세력과 청년장교층은 국민들의 불만 감정을 앞세워 정부를 규탄, 1931년 하마구치 오사치 총리를 저격하고 중국에 대한 제국주의 무력 침략이 시작되어, 같은 해 9월에 제국 관동군의 주도로 만주사변을 일으켜 와카쓰키 레이지로 내각의 제어를 무시하고 만주 전역을 점령하여 청나라의 마지막 황제였던 선통제 푸이를 꼭두각시로 만주국을 건국하였다. 그러나 만주국에 대한 중화민국을 비롯한 세계 여론이 부정적으로 흐르자 군부는 국제연맹을 탈퇴하도록 정부를 압박, 일본은 사실 상 고립 외교로 나아가게 되었으며, 1931년 5월 15일 이누카이 쓰요시 총리를 암살, 후임으로 군인 출신의 사이토 마코토가 수상이 되어 '군·정·관에 타협을 통한 거국일치'를 표방함으로써 정당내각은 단절되고, 군부가 본격적으로 정치에 개입하기 시작했다.

3. 쇼와시대(昭和, 1926~1989)

사이토마코토 내각 이후에도 육군 내의 여러 계파의 도전은 계속되어 급기야 1936년 2월 26일 청년 장교들이 내대신, 대장대신 등을 암살한 일이 발생하기도 하였으며, 이 사건을 계기로 일본에서 군부의 영향력은 막강해져 히로타 고키 내각 때 군부대신의 현역제가 부활, 사실상 군부가 내각을 좌우하게 되었다. 1936

년에는 독일과의 군사동맹을 체결했다. 또 히로타고키내각은 허베이(華北)를 장악하기 위해 1937년 7월 루거우차오사건을 계기로 선전포고 없이 공격하는 중일 전쟁을 일으켰다. 고노에후미마로 내각은 전쟁을 확대시키지 않고자 하였지만 곧 그 범위가 확대되었고, 1937년 12월 중화민국의 수도 난징을 점령하여 무차별학살을 자행하였다. 한편 일본 국내에서는 전시 체제의 장기화에 대비하여 1938년에 국가총동원법을 제정하여, 일본 열도 뿐만 아니라 한반도에서도 군부의 경제적 수탈이 심했다.

일본은 처음에 미국과의 원만한 교섭을 통하여 이를 해결코자 하였으나 협상이 제대로 진전되지 못하자 고노에 후미마로의 제2차 내각은 퇴진하고 대신 통제파의 도조 히데키 내각이 조직되어 1941년엔 일·소 중립조약을 체결하고, 1941년 12월 1일 개전을 결의하고 같은 해 12월 8일 미국 해군이 주둔하던 하와이 진주만을 급습하고 미국과 영국 등 연합군에 선전포고하여 태평양 전쟁을 시작하였다. 일본은 대동아공영권(大東亞共榮圈)을 표방하며 처음에 말레이 반도, 버마와 타이, 네덜란드령 동인도 제도, 필리핀 등을 점령하는 등 연합군을 궁지로 몰아넣었으나 1942년 6월 미드웨이 해전에서 일본이 대패하여 전세는 역전되어, 미국의 반격으로 일본의 점령 지역을 탈환하였으며 1944년 7월에는 사이판 섬을 점령한 미국이 사이판을 전초 기지로 일본 열도의 주요 도시에 무차별 폭격을 가하기 시작하였다. 이처럼 전세가 일본에게 불리하해지자 도조 히데키 총리는 책임을 지고 사임하였다. 그 뒤를 고이소구니아키와 요나이미쓰마사의 협력 체제인 고이소 내각이 계승했지만 1945년 6월 오키나와 섬이 함락되었고, 7월에는 일본군의 항복을 권유하는 포츠담 선언이 발표되어 전세는 계속 불리

해져만 갔다. 하지만 일본은 포츠담 선언을 묵살하였고, 결국 같
은 해 8월 8일 소련이 참전하고 8월 6일과 9일에는 히로시마와 나
가사키에 원자 폭탄이 투하되자 8월 15일 포츠담 선언을 수락하
고 쇼와 천황이 직접 '항복 선언'을 발표하여 전쟁은 종결되었다.

원자폭탄 투하시 장면　　　　　　　　　　원폭돔

05. 현대

일본은 대정봉환에 의해 조정이 왕정복고를 선언하고, 조신(朝
臣)과 반(反)바쿠후의 주동 세력인 사쓰마한(薩摩藩), 조슈한(長州藩)
등 서남웅한(西南雄藩)을 중심으로 하는 신정부를 수립하여, 공의
세론(公議世論)의 존중과 개국 진취의 방침을 밝힌 5개조의 서문(五
箇條ノ御誓文)을 발표하였다. 신정부는 전국을 진압한 후 에도를 도
쿄로 개칭하여 수도로 삼고, 원호(元號)를 메이지(明治)로 바꾸었
다. 또 봉건적인 여러 제도를 폐지하고, 급속한 근대국가로의 전
환을 꾀하였다. 정부는 문명개화라고 불린 구미(歐美)의 기술·제
도의 직수입을 추진하는 한편, 왕을 신격화하고 신토(神道)에 국
교적(國敎的)인 성격을 부여하였다. 사족(士族)을 중심으로 한 반정

부운동을 세이난전쟁(西南戰爭)으로 진압하고, 또 번벌(藩閥) 전제
정부 타도를 외치는 민권운동이 일어나서, 정부는 프로이센 헌법
을 본 뜬 메이지헌법(明治憲法)을 제정하였다. 정부지도 하에 산업
의 근대화가 추진되어, 제1차·제2차의 산업혁명이 달성되었다.
한편 청·일(淸·日)·러·일(露·日) 두 전쟁을 일으켜서 타이완(臺灣)·
한국·사할린을 식민지로 획득하고, 다시 대륙으로 진출하여 제국
주의국가로 변신하였다. 또 일·영동맹(日·英同盟)에 의해 동(東)아
시아에서 발판을 굳히고, 제1차 세계대전 때에는 연합국 측에 가
담하여 큰 이득을 얻어 세계열강과 어깨를 겨루는 나라가 되었
다. 대전 후 구미제국에 일어난 민주주의의 영향을 받아서 호헌
(護憲)·보통선거 등의 운동이 일어났고 평화주의·국제주의의 풍
조가 활발해져서 정당내각(政黨內閣)이 탄생하였다. 또 노동운동
이 활발해져서 이른바 다이쇼(大正, 1912~1926) 시대를 이룩하였다.
그러나 쇼와(昭和, 1926~1989) 초기에는 세계적 불황의 물결에 휩쓸
려서 일본의 경제는 중대한 위기에 직면하였다. 그 국면을 타개
하기 위해 적극적인 대륙침략을 꾀하였으며, 점차 군국주의·국수
주의의 경향이 강해져갔다.

일본은 만주사변(滿洲事變)을 일으켜서 동북 중국에 만주국을 세
우고 다시 중국과 충돌하여 중·일(中·日)전쟁을 일으켰다. 그리고
독일·이탈리아와 3국동맹을 맺고, 이른바 '대동아공영권(大東亞共
榮圈)'이라는 명목으로 동부아시아를 지배하려 하였다. 그러나 미
국·영국 등과 대립하여 결국 태평양전쟁에 돌입하였고, 미국의
원자폭탄 투하와 소련의 참전을 계기로 1945년 8월 15일 연합국
에게 무조건 항복하였다. 일본을 점령한 연합국은 일본의 비무장
화와 민주화를 추진하고, 농지개혁·재벌해체 및 전쟁범죄자의 재

판·공직추방을 실시하였다. 또 국민주권 하에 남녀평등 및 사상의 자유를 보장한 신헌법이 제정되었다. 일본의 패전에 의하여 한국이 8·15광복을 맞았고, 만주국이 중국에 복귀하였으며, 사할린·쿠릴 열도와 타이완이 각각 소련과 중국에 반환되는 한편 오키나와(沖繩)를 미국이 분할 점령하였다. 일본은 태평양전쟁에서 막대한 손해를 입었으나 전후에는 한국의 6·25전쟁에 의한 특수경기(特需景氣)로 경제 부흥의 발판을 마련한 뒤 1951년의 연합국의 대일(對日) 강화조약(소련 불참)과 미일(美日) 안보조약에 의해 주권을 회복하여 자유진영에 가담하였으며, 장기간에 걸친 보수당 정권 밑에서 급속히 경제대국으로 발전하였다. 경제의 급격한 발전에 의해 국민의 생활수준은 크게 향상되었으나, 반면 공해문제·물가상승 등을 초래하였다. 한편 소련·중국 등과 공산국가와도 국교가 회복되어 일본의 국제적 지위는 높아졌다. 1989년 1월 쇼와천황의 사망으로 1990년 11월 아키히토(明仁)가 천황에 즉위하였으며, 연호는 헤이세이(平成)이다. 1955년 이후 38년간 집권한 자민당이 1993년 중의원선거에서 과반수 획득에 실패하여 정권을 상실했으며, 같은 해 8월 7개의 야당연립정부인 호소카와(細川) 정권이 탄생하여 전후 정치에 큰 전환점을 마련하였다. 1994년 6월에는 자민당, 사회당, 신당사키가케 등의 연립정부가 탄생하여 무라야마도미이치(村山富市) 사회당 위원장이 새로운 총리로 선출되었고, 1998년 7월 자민당 당수인 오부치게이조(小淵惠三)가 일본의 84대 수상으로 취임하였다. 2000년 4월 5일 재임 중 사망한 오부치게이조의 뒤를 이어 모리요시로(森喜郞)가 일본의 제85대 내각 총리대신으로 취임하였다. 2001년 4월에는 자유민주당의 고이즈미준이치로(小泉純一郞)가 자유민주당, 공명당, 보수

당 3당의 지지로 제87대 총리로 취임하였다.

1. 헤이세이시대(平成, 1989~현재)

민주당이 선거에 승리하면서 정권 교체에 성공했다라는 내용의 보도를 한 일본의 신문들1970년대에 이룬 경제의 고도성장은 1980년대에 이르러 '버블 경제'라고 부를 정도로 일본 경제를 크게 번성시켰다. 그러나 과도한 주가의 증가와 부동산 매입으로 인해 1990년부터 부동산과 주식 가격의 폭락이 진행되어 많은 기업과 은행이 도산하면서 10년 이상 0%의 성장률을 기록하는 불황 상태에 빠졌다. 그로 인하여 지지를 상실한 자유민주당은 한 때 10개월 정도 정권을 상실하기도 하였다가 진보 정당과의 연정을 거쳐 계속 55년 체제의 집권 골격을 유지해 왔다. 그러나 2009년 8월 30일에 치러진 제45회 중의원 총선거에서 민주당이 자유민주당에 압승을 거둬 전후 최초로 완전한 정권 교체가 이루어져 2009년 9월 16일부로 하토야마 유키오 내각이 성립하였고, 2010년 6월 하토야마의 사퇴 후 간 나오토 내각이 성립되어 현재에 이르고 있다.

쇼와 말기부터 계속된 버블경제가 붕괴 후의 장기불황은 잃어버린 10년이라고, 경제분야에서의 구조 개혁이 진행되었다. 정치면에서도 냉전종결과 동시에 변화를 요구하는 목소리가 높아 자사 양당의 55년 체제가 붕괴되고. 비 자민 연립 내각이 성립했지만 서서히 와해되었다. 또한 사회 불안이 높아지는 가운데 한신 아와지 대지진과 지하철 사린 사건, 동일본 대지진과 후쿠시마 첫 원자력 발전소 사고등 대규모 자연 재해 인재가 발생, 위기관리에 대한 의식이 높아지는 계기가 되었다. 21세기에 들어 경제분야에서의 세계화와 산업 공동화, 저출산 고령화등도 함께, 문화생활의 다양화가 한층 진전되었다. 또한 정권 교체가 일어나는 등 새로운 변혁을 요구하는 목소리가 높아지고 있다.

제2부

일본 각 지방의 특색

KYOTO TOWER HOTEL

제2부. 일본 각 지방의 특색

■ 일본의 지방 이름별 지도

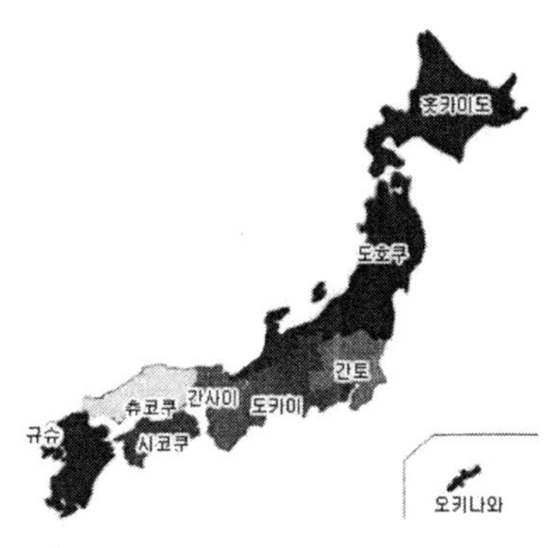

일본 열도는 아시아대륙의 동쪽 해상에 위치한다. 북위 20°25′에서 45°33′ 사이를 남북으로 좁은 활모양으로 전장 3,800km에 걸쳐서 뻗어 있다. 일본 국도의 총면적은 377,815㎢로 전세계 육지 면적의 0.3%를 차지하고 있다. 일본 열도는 4개의 주요섬, 즉 혼슈(本州), 혹카이도(北海道), 규슈(九州), 시코쿠(四国)와 그에 인접한 약 3,900여개의 작은 섬들로 구성되어 있다.

일본 열도는 온대에 속한다. 한반도와 중국, 동남아시아를 거쳐 인도까지 뻗쳐있는 계절풍지대의 동북단에 자리잡고 있다. 겨울의 대륙성 기류와 여름의 해양성 기류 때문에 지역에 따라 상당한 차이가 있기는 하지만 기후는 대체로 온화한 편이다.

전국적으로 사계절의 구별이 뚜렷하다. 7월 중순경 여름이 시작되며 후덥지근하다. 6월부터 장마가 시작되지만 북단에 위치한 혹카이도(北海道)에는 장마가 거의 없다. 혹카이도는 혹독한 겨울 날씨로도 유명하다. 태평양 연안지역의 겨울 날씨는 맑고 온화한 편이지만, 일본해 연안지역은 흐린 날이 많다. 내륙 산간지

방은 세계적으로 눈이 가장 많이 내리는 지역의 하나이기도 하다. 9월에는 폭우와 강풍으로 내륙지방까지 강타하는 태풍이 엄습한다. 강우량은 연간 1,000~2,500mm 정도이다. 풍부한 강우량과 온화한 기후의 조화로 일본 전국은 우거진 숲과 아름다운 초목이 무성하다.

일본의 복잡한 지형은 비교적 온화한 기후화 비교해 볼 때 대조적이다. 동남아시아로부터 알래스카로 뻗은 환태평양 지대의 일부에 속하는 일본열도는 작으면서도 암벽이 많은 해안선을 가지고 있다. 일본은 전국토의 약 71%가 산간지역이다. 수많은 계곡과 급류의 하천들, 그리고 호수가 있는 산악지대를 형성하고 있기도 하다. 이들 산 중에서 2,000m 이상의 높은 산이 532개나 되며, 가장 높은 산은 3,776m의 후지산(富土山)이다. 후지산은 1707년 이래로 폭발한 적이 없는 휴화산이다. 일본에서의 크고 작은 화산활동은 미진이나 큰 지진 등에 영향을 미치고 있다. 이와 같은 일본의 복잡한 지형은 아름답고도 변화무쌍한 풍경을 펼쳐준다. 눈 덮힌 산간호수나 깎아세운 듯한 협곡들, 급류를 이룬 하천들, 우뚝 솟은 산봉우리와 폭포들을 볼 수 있다.

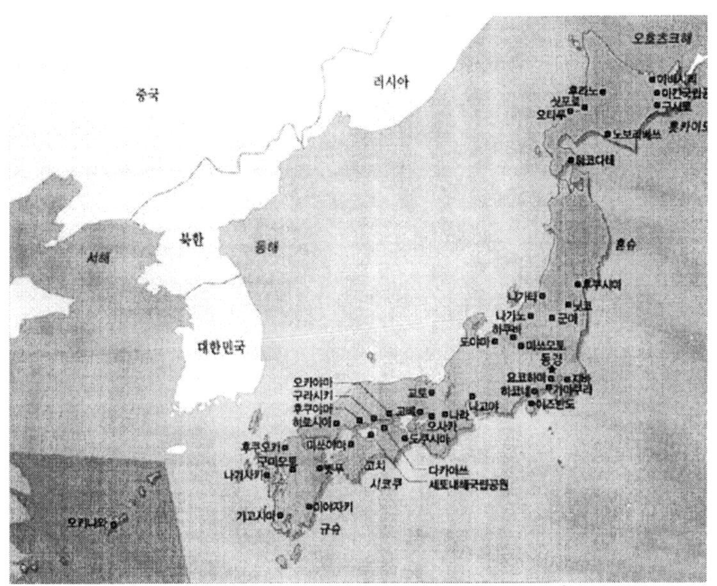

■ 일본의 옛날 지명도

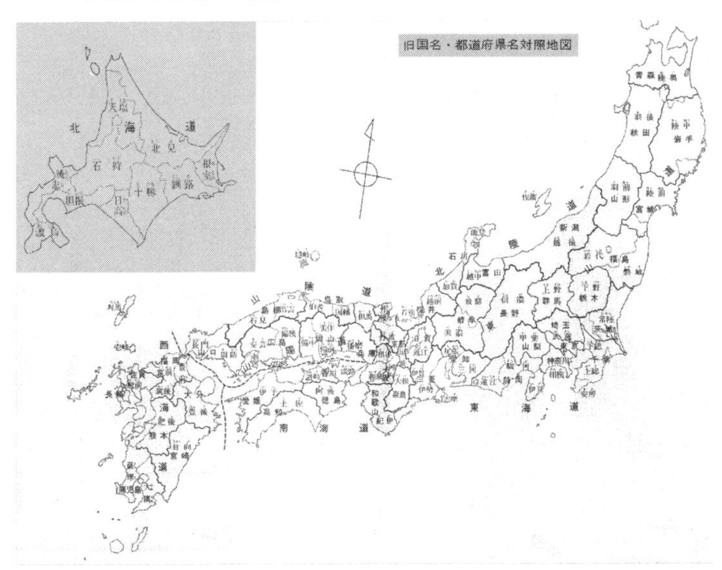

01. 홋카이도[北海道, Hokkaido]

위치   일본 최북단부에 있는 홋카이도 본도(本島)와 부속
     도서로 된 지방

경·위도 동경 141°20′50″, 북위 43°3′53″

기후   1년 내내 쾌적한 기후를 지닌 지역

주도   도도(道都) 삿포로시(札幌市)

면적   약 83,456㎢ (북방영토 포함)

행정구분 35시 129정 15촌

꽃   해당화

나무   가문비나무

새   두루미

인구   약 570만 명

 홋카이도(北海道)라는 이름은 1868년에 명치유신이 일어난 다음 해에 파견된 북방탐험대가 처음 사용하였으며, 이전에는 에조(蝦夷)라고 불렸다. 지형은 이시카리(石狩)·유후쓰(勇拂) 저지를 경계로 동체부(胴體部)와 남서쪽의 반도부로 나뉜다. 기타미(北見) 산

지·히다카(日高)산맥이 남북으로 이어지고, 그 서쪽을 데시오(天鹽)·유바리(夕張) 산지가 나란히 뻗고 중간분지열(中間盆地列)을 안고 있다. 기타미·히다카 산지 중간에서 화산대를 수반하는 이시카리 산지가 동쪽으로 뻗어 화산·화산성 호소 및 시레토코(知床) 반도를 형성한다. 산지에서 동해(東海) 쪽으로 데시오강(天鹽川)·이시카리강이 흘러 북쪽 해안부에 데시오 평야, 남쪽 해안부에 이시카리 평야를 형성하고, 태평양 쪽으로 흐르는 도카치강(十勝川)은 도카치 평야를 형성한다. 그밖에 동부에 곤센(根釧) 대지가 있고, 남서쪽 반도부는 화산대를 수반하는 산지대이다. 전반적으로 냉대기후를 보이며, 내륙부에서는 특히 기온 교차가 크다. 동해 쪽에는 겨울에 적설이 많고, 태평양 연안에는 여름에 바다안개가 발생하며, 오호츠크해 연안에서는 겨울에 유빙을 볼 수 있다. 본래 아이누족(族)이 살고 있던 미개지로 에조치(蝦夷地)라고 불렸으며, 메이지유신(明治維新) 이후에 본격적인 개발이 시작되었다. 러시아 영토와 가장 가까운 지시마(千島) 열도 가운데 남쪽의 구나시리(國後)·에토로프(擇促)·시코탄(色丹)·하보마이(齒舞) 제도는 홋카이도 도청의 관할하에 있었으나, 제2차 세계대전 종전 후 러시아로 귀속되었다. 현재 제1차 산업과 경공업 중심의 제2차 산업이 주산업이다.

농업은 밭작물 위주의 대규모 경영을 특색으로 하며, 쌀 외에 감자·콩·팥·옥수수 생산이 많고 사탕무·박하와 근래에는 아스파라거스 등 기호작물 재배가 늘고 있다. 네무로(根室)·구시로(釧路)·소야(宗谷) 지방을 중심으로 하는 낙농 외에 돼지·말·면양·채란계(採卵鷄) 등의 사육이 성하다. 젖소와 고기소의 두수는 전국의 45% 이상을 점유하고 있으며, 80% 이상을 유제품으로 가공해 전국에 공급하고 있다. 가문비나무·분비나무·졸참나무·자작나무 등의 천연림이 많아 임업지대를 이루며, 제재원목·펄프용재를 생산한다. 주변 해역은 원래 세계적인 어장이었으나 제2차 세계대전 후의 남획 및 북방어장의 상실 등으로 인하여 어획량이 감소하고 일부 어종도 바뀌었다. 어획량은 172t(1997)으로 일본 제1의 지위에는 변함이 없다. 주요 어획물은 명태·연어·오징어·쥐노래미·꽁치 등이다. 공업은 도내의 자원을 원료로 하는 수산가공품·낙농제품·목제품·펄프·철강 등 공업이 삿포로·무로란(室蘭)·구시로·도마코마이·아사히카와(旭川)·하코다테(函館)·오타루(小樽)등지에 발달하였다. 아칸호(阿寒湖)·다이세쓰산(大雪山)·시코쓰호(支笏湖)와 도야호(洞爺湖)·시레토코반도를 중심으로 한 4개의 국립공원을 비롯하여 경승지와 온천장 등이 산재하여 관광자원이 풍부하다.

*일본의 세계 자연유산 : 시레토코 - 홋카이도   2005.7

홋카이도 마츠마에성

02. 도호쿠(6개 현 구성)

1) 아오모리현 [青森縣, Aomori]

위치　　　　일본 혼슈(本州) 최북단의 현.

경위도　　　동경 140°44′24″,
　　　　　　북위 40°49′28″

주도　　　　아오모리시(青森市)

면적　　　　9607.05㎢

행정구분　　10시22정8촌

꽃　　　　　능금

나무　　　　노송

새　　　　　백조

인구　　　　약 150만 명

현청소재지는 아오모리시(青森市). 북쪽으로 쓰가루(津輕) 해협을 끼고 혹카이도(北海道)와 마주하며, 동부에 시모키타(下北)반도, 서부에 쓰가루반도가 돌출하여 그 사이에 무쓰만(陸奧灣)을 안고 있다. 오우(奧羽)산맥이 남북으로 뻗어 있고, 쓰가루 평야가 펼쳐지며, 중앙에 핫코다산(八甲田山) 등의 화산이 있다.

기후는 대체로 한랭하여 아오모리시의 1월 평균기온 −2.0℃, 8월 평균기온 22.6℃를 보이고, 연강수량은 1,424mm인데 1/3이 겨울의 강설이다. 혼슈(本州) 최북단에 위치한 데다가 기후조건이 나빠서 타 지역에 비해 개발이 늦다.

주산업은 농업이다. 농업의 주종은 쓰가루 평야의 벼농사와 사

과(전국 생산량의 51%) 재배이다. 동부의 대지에서는 감자·두류·잡곡 등 밭농사 및 젖소·고기소 사육이 성하다. 쓰가루·시모키타 두 반도의 노송나무숲은 일본 3대 미림(美林)의 하나로 꼽힌다. 공업은 식품·제재·금속공업 등이 영위되고 있다. 아오모리시(市)는 교통의 요지이며, 도와다호(十和田湖)를 비롯한 호수·산악·계곡·해안 등에 뛰어난 경승지가 많다.

2) 이와테현

면적	15,275㎢
행정구분	13시16정6촌
인구	약 1,35만 명

일본에서 가장 오래된 지층으로 된 산(하야치네잔)

酒工의 인구수(남부주공 1,422명)

두부연간 소비량(1세대당 122모)

일본최대의 민간종함농장(고이와이농장 3,000ha)

목조관음상(후쿠센지 17m, 25t)

모리오카성터

이와테현은 혹카이도에 이어 일본에서 두번째로 넓은 면적을 소유한 현으로, 웅대하고 아름다운 자연의 혜택을 받은 지역이다. 특히 조도가하마와 기타야마자키 등으로 유명한 '육중해안 국립공원', 일본에서 가장 투명하다는 지하 동굴에 호수가 있는 '류센도', 웅장한 이와테산에 면한 '야하타다이라 국립공원' 등 아름다운 명소가 많이 있다. 그리고 봄에는 벚꽃, 여름에는 바다, 가을에는 단풍, 겨울에는 눈과 온천 등 사계절마다 아름다운 자연을 만끽할 수 있으며 세계유산의 등록을 기다리는 히라이즈미의 문화유산이 있는 곳이다.

3) 미야기현 [宮城縣, Miyagi]

위치	일본 혼슈(本州) 북동부 태평양에 면한 현.
경위도	동경 140°52′19″, 북위 38°16′9″
주도	센다이시(仙台市)
면적	7285.74㎢
행정구분	13시22정1촌
꽃	풀싸리
나무	느티나무
새	기러기
인구	약 234만 명

현청소재지는 센다이(仙臺)시이다. 서부에 오우(奥羽)산맥이 화산대를 수반하여 남북으로 이어져 해발고도 1,000~1,800m의 산지가 연속되어 있다. 북동부에 기타카미(北上) 산지, 남동부에 아부쿠마(阿武隈) 산지가 있다. 이들 산지 사이의 기타카미·나루세(鳴瀨)·아부쿠마 등 하천 유역에 센다이 평야가 펼쳐진다. 해안은 중간에 호상(孤狀)으로 만입한 센다이만을 안고 남부에서는 단조로우며, 북부에서는 전형적인 리아스식 해안을 이룬다.

센다이시의 연평균기온은 11.6℃, 연평균강수량은 1,245mm이다. 센다이 평야는 일본 유수의 쌀산지를 이루고, 과일·채소·꽃

등도 재배된다. 오우 산지의 구리코마(栗駒)·자오(藏王) 산록에는 낙농, 기타카미 산지에서는 육우(肉牛) 사육이 활발하다. 연근해는 한·난류가 교류하는 좋은 어장으로, 시오가마(鹽釜)·이시노마키(石卷)·게센누마(氣仙沼) 등에서는 각종 어류를 어획하여 수산가공업이 활발하고, 북부의 리아스식 해안에서는 굴·김·미역 등의 양식업이 활발하다.

시오가마항은 관광항·상업항·공업항·어항 등의 기능을 하며, 센다이항에는 석유정제·도시가스·화력발전소 등의 시설이 있다. 시오가마를 중심으로 정유·펄프·전기기기·고무·맥주 등의 공업이 발달하였다. 특히 센다이만의 지만(支灣) 마쓰시마만(松島灣)은 260여 개의 섬이 산재한 유명한 경승지로 마쓰시마섬은 일본 3경(景) 중의 하나이다.

4) 아키타현

위치   일본 혼슈(本州) 북서부에 면한 현
면적   11,613㎢
인구   약 113만 명
행정구분   13시9정3촌

아키타현은 사계절 아름다운 자연을 비롯하여 현 어디를 가도 샘솟는 온천, 그 밖에 스키장과 골프장 등이 많은 곳이다. 미인과 좋은 술 그리고 맛있는 쌀의 산지로 여기 아키타현은 찾는 이들에게 커다란 감동을 주고 있다. 청주의 소비량이 전국 1위이며, 세계 제일의 큰북(다카노스마치 츠즈리코 큰북 3.71m)이 있다. 타마가와

온천(온천의 용출량 매분 9,000리터)과 다자와 호수(423.4m)가 있으며
일본에서 제일 큰 삼나무인 니츠이쵸(58m)도 있다.

*일본의 세계 자연유산 : 시라카미 산지 - 아오모리현, 아키타현   1993.12

5) 야마가타현 [山形縣, Yamagata]

위치   일본 혼슈(本州) 북서주 동해(東海)에 면한 현.
경위도   동경 140°21′49′, 북위 38°14′26′
주도   야마가타시(山形市)
면적   9323.46㎢
행정구분   13시19정3촌
꽃   잇꽃
나무   앵두나무
새   원앙
인구   약 120만 명

현청소재지는 야마가타시(市)이다. 동쪽은 화산대를 수반하는
오우(奧羽)산맥이 남북으로 뻗어 자오산(藏王山) 등의 화산이 줄을
잇고, 그 서쪽을 저산성의 데와(出羽)산지·에치고(越後)산맥이 역
시 화산대를 수반하고 남북으로 뻗어 초카이산(鳥海山) 등 화산이
솟아 있다. 동·서 두 산지 사이를 모가미강(最上川)이 북류하면서
유역에 남쪽으로부터 요네자와(米澤)·야마가타·신조(新莊) 등 분
지를 형성하고, 또 데와산지를 가로질러 하류에 쇼나이(莊內)평야
를 형성한다. 기후는 동해 연안기후의 특색을 보여 겨울에 한랭
하고, 특히 내륙의 여러 분지에는 눈이 많이 내린다. 경제기반이
되는 산업은 농업이고, 벼농사와 버찌·서양배·감·사과·포도 등

의 과수재배가 주종을 이룬다. 오키타마(置賜) 지방의 홉, 무라야
마(村山) 지방의 잎담배 등도 중요하다. 축산은 소·양 사육이 성하
고, 오키타마에서는 낙농이 활발하다. 데와산지에는 삼나무의 미
림(美林)이 널리 분포한다.

　수산업은 전반적으로 부진하나 잉어·금붕어·무지개송어 등의
양식업이 영위되어, 어업에서 차지하는 양식업의 비중이 높다.
광업은 아마루메유전(餘目油田)의 석유, 모가미(最上) 지방의 아탄
(亞炭) 등이 중요하고, 북서부에서는 해저유전의 개발이 진행되고
있다. 공업은 중소기업에 의한 소규모공업의 비중이 현저하게 높
으며, 화학·직물·전기기기·재봉틀·통조림 등이 대표적이다. 전통
공업으로는 덴도(天童)의 장기(將棋) 짝, 야마가타의 철기(鐵器), 나
가이(長井)의 수직명주, 요네자와(米澤)의 비단 등을 꼽을 수 있다.
화산경관·해안경관·식물경관 등이 훌륭하여 넓은 지역이 국립·
국정·현립공원으로 지정되어 있다.

6) 후쿠시마현 [福島縣, Fukushima]

위치　　　　일본 혼슈(本州) 중북부, 태평양에 면한 현.

경위도　　　동경 140°28′0″, 북위 37°45′1″

주도　　　　후쿠시마시(福島市)

면적　　　　13782.75㎢

행정구분　　13시32정15촌

꽃　　　　　네모토석남화

나무　　　　느티나무

새　　　　　황금새

인구　　　　약 206만 명

현청 소재지는 후쿠시마(福島)이다 . 동쪽으로부터 아부쿠마(阿武隈) 산지·오우(奧羽) 산맥·에치고(越後) 산맥이 남북으로 뻗어 있고, 그들 산지에 의해 동쪽의 하마도리(濱通り), 중앙의 나카도리(中通り), 서쪽의 아이즈(會津) 분지의 세 저지가 분리된다. 오우산맥에는 화산대가 수반하여 반다이산(磐梯山 : 1,819m)을 비롯한 여러 화산과 이나와시로호(猪苗代湖)를 비롯하여 호수가 여럿 있다.

하마도리는 태평양 연안 기후의 특색을 보여 여름에 비가 많고, 분지부는 내륙기후를 보여 기온교차가 크며, 특히 아이즈 분지에는 겨울에 눈이 많다. 후쿠시마의 연평균기온은 12.3℃, 연평균강수량은 1,143mm이다. 농경지의 60%를 논이 차지하며, 아이즈·고리야마(郡山)의 두 분지가 쌀의 주산지이다. 나카도리에서는 밀·보리·감자 등의 밭농사가 성하고, 후쿠시마 분지에서는 사과·복숭아·배 및 채소 재배가 활발하다. 아부쿠마 산지의 중서부에서는 잎담배 재배가 성하고, 남부에서는 특산물인 구약구가 난다. 아부쿠마 산지 남부에는 조림에 의한 삼나무숲이 있고 천연림도 적지 않으며, 곳곳에서 표고버섯 등 버섯류가 많이 난다. 수산업은 하마도리 남부의 에나(江名)·오나하마(小名濱) 등 어항을 중심으로 근해·원양 어업이 성하고, 북부의 마쓰카와우라(松川浦)에서는 굴·김 양식이 성하다. 공업은 고리야마·이와키(いわき)를 중심으로 화학공업이 발달하였고, 후쿠시마에는 전기기기·금속, 아이즈와카마쓰(會津若松)에는 전력에 의한 금속제련 등 공장이 있다.

와카마츠성

그 밖에 각지에 노동력에 의한 전기기기 공장이 많고, 재래공업으로는 아이즈와카마쓰의 칠기, 소마(相馬)의 말·나미에(浪江)·혼고(本郷)의 도자기 등이 있다. 에치고 산지에서 흘러내리는 다다미강(只見川) 수계에 대규모의 전원개발이 진척되어 일본 유수의 전원지대를 이루었고, 해안의 후타바정(雙葉町)·도미오카정(富岡町)에는 원자력발전소가 있다. 국립공원에 속하는 반다이산·이나와시로호 및 이자카(飯坂)·히가시야마(東山) 온천 등 관광자원이 풍부하다.

03. 간토(7개 현 구성)

1) 이바라키현 [茨城縣, Ibarak]

위치	일본 혼슈(本州) 남동부 태평양 연안에 있는 현.
경위도	동경 140°26′48″, 북위 36°20′31″
주도	미토시(水戸市)
면적	6095.69㎢
행정구분	32시10정2촌
꽃	장미
나무	매화나무
새	종달새
인구	약 300만 명

현청소재지는 미토(水戸)이다. 북부에 아부쿠마(阿武限) 산지, 북서부에서 서부에 걸쳐 야미조(八溝) 산지가 있으나, 그 밖의 지역은 간토(關東) 평야의 히타치대지(常陸臺地)와 충적저지이다. 저지 위를 기누강(鬼怒川)·고카이강(小貝川)이 남류하여 남쪽 경계를 동류하는 도네강(利根川)에 합류한다. 태평양에 면한 동부에는 가스미가우라호(霞ヶ浦)·기타우라호(北浦)가 있어 이른바 수향(水郷)의 경관을 보인다. 남부는 도시화가 급속히 진행되어 수도권 기능의 일부를 맡고 있다. 주산업은 농업이며, 쌀의 주요 공급지이다. 근래 채소·밤·배 등의 원예농업과 양돈·낙농 등 축산업이 크게 일어났는데, 특히 양돈은 전국 제1위이다.

그 밖에 북부산지의 구약감자, 남서부의 차, 닥풀 등 특산물이 있다. 어업은 하사키(波崎)·나카미나도(那珂湊) 등 어항과 가스미가우라호 등을 중심으로 어로업이 이루어진다. 북부의 조반(常磐)탄전은 폐광되었고, 남부의 히타치(日立) 광산은 금·은·구리·황화철·석회석을 산출하여 히타치시 공업발전의 바탕이 되어왔다. 근대 공업은 히타치·가쓰타(勝田)·미토를 중심으로 전기기계·제작기계·황산·시멘트 등 공업이 발달되었는데 일본의 대기업인 히타치제작소(日立製作所) 관련 공장들이 많이 모여 있다.

전통공업으로는 유키(結城)의 명주가 유명하다. 도카이촌(東海村)에는 원자력연구소·원자력발전소가 있으며, 주오정(十王町)의 우주통신실험소 및 오미야정(大宮町)의 방사능육종장(放射能育種場) 등 연구시설이 있다. 쓰쿠바산(筑波山)·수향지대 등지는 국정공원으로 지정되어 있고, 미토시의 가이라쿠엔(偕樂園)은 일본 3대 정원의 하나이자 매화(梅花)의 명소이다.

2) 도치기현 [栃木縣, Tochigi]

위치   일본 혼슈(本州) 남동부 수도권 외곽부에 있는 내륙현.
경위도   동경 139°53′3″, 북위 36°33′56″
주도   우쓰노미야시(宇都宮市)
면적   6408.28㎢
행정구분   14시17정
꽃   야시오철쭉
나무   칠엽수
새   큰유리새
인구   약 202만 명

   현청 소재지는 우쓰노미야(宇都宮)이다. 지형적으로 동부산지·서부산지·중부평지로 3분된다. 동부산지는 해발고도가 약 1,000m인 야미조(八溝)산지이고, 서부산지는 다이샤쿠(帝釋)산지와 아시오(足尾)산지로 그 사이에 분출하는 나스(那須)화산대의 나스·다카하라(高原)·닛코(日光)의 화산군은 닛코 국립공원의 주요부를 이룬다. 다이샤쿠 산지는 2,000m급의 고봉이 연속되는 산지로 동해(東海) 사면과 태평양 사면의 분수령을 이루고, 닛코 화산군은 주젠지호(中禪寺湖)를 안고 있다. 중부 평지는 북부의 여러 하천이 형성하는 선상지, 남부의 기누강(鬼怒川) 등의 침식에 의해 대지와 저지가 번갈아 놓인 지역, 아시오 산지 남록의 와타라세강(渡良瀨川) 유역평지의 3지역으로 구분된다.

   기후는 여름에 계절풍의 영향을 크게 받으나 내륙에 위치하므로 강수량은 비교적 적고 겨울에는 건조가 심하며 기온의 교차가 크다. 우쓰노미야는 연평균기온 12.9℃, 연강수량 1,392mm이다.

예로부터 도호쿠(東北)지방과 수도권을 잇는 교통의 요지로 수도권 기능이전의 유력한 후보지이다. 주요산업은 농업에서 공업으로 교체되어 있다. 농업은 주로 중부평지에서 이루어지며, 벼농사를 중심으로 맥주용 보리, 무·토란·딸기·오이·토마토 등의 채소재배가 성하며, 특히 게이힌(京濱) 지방에서 출하되는 딸기 생산량은 전국에서 1,2위를 차지하고 있다. 또 젖소 사육 두수도 전국 4위이며, 광산물로는 돌로마이트·석회암, 우쓰노미야의 건축용 석재인 오야석(大谷石 : 유문암질응회암(流紋岩質凝灰岩)) 이 유명하다.

공업은 오야마(小山)·아시카가(足利)의 섬유, 마시코(益子)의 도자기, 아시오(足尾)의 비철금속, 가누마(鹿沼)의 목공업 등이 일찍부터 발달하였다. 여러 군데 공업단지가 조성되어 우쓰노미야 및 오히라(大平)에 전기기기, 닛코·아시오에 비철금속, 아시카가·사노(佐野)에 섬유·의류 등 중공업이 활발해졌다. 닛코 국립공원과 8개소의 현립(縣立)공원, 온천지 등 풍부한 관광자원이 있다.

*일본의 세계 문화유산 : 사당과 사원 - 도치기현   1999.12

3) 군마현 [群馬縣, Gunma]

위치	일본 혼슈(本州) 중앙부에 있는 현(縣).
경위도	동경 139°3′39″, 북위 36°23′29″
주도	마에바시시(前橋市)
면적	6363.16㎢
행정구분	12시16정10촌
꽃	주황철쭉
나무	곰솔
새	야마도리

인구   약 202만 명

　1871년 현이 되었으며, 현청소재지는 도쿄(東京)에서 100km 떨어져 있는 마에바시(前橋)이다. 바다에 면해 있지 않은 내륙지로, 동쪽·북쪽·서쪽은 해발고도 1,000~2,000m의 산지로 둘러싸여 해발고도 500m 이상의 산지가 전체 면적의 3분의 1을 차지한다. 남동부의 도네강(利根江) 유역에 평지가 펼쳐져 간토평야(關東平野)의 일부를 이룬다. 남동부는 여름에 비가 많고 겨울에 건조하며, 북서부는 겨울에 눈이 많은 특색이 있다.
　마에바시의 연평균기온은 13.6℃, 연평균강수량은 1,226mm이다. 현의 경제 기반이 되는 산업은 양잠·제사·견직을 중심으로 하는 공업이며, 1960년대 이후 전기기기·자동차 산업이 발전하였다. 수도권에 인접해 근교농업이 발달하였다.

4) 사이타마현 [埼玉縣, Saitama]

위치   일본 도쿄도(東京都) 북쪽에 인접한 현.
경위도   동경 139°38′52″, 북위 35°51′29″
주도   사이타마시(さいたま市)
면적   3797.25㎢
행정구분   40시29정1촌
꽃   앵초
나무   느티나무
새   염주비둘기
인구   약 713만 명

　현청소재지는 사이타마시이다. 서고동저(西高東低)의 지형을 이루어, 서부의 산지, 중앙부의 구릉·대지, 동부의 저지 등 3지역으로 구분된다. 서부의 지치부(秩父) 산지는 2,000m급의 산릉이 분수령을 이루어 현의 중앙을 관류하는 아라카와강(荒川)이 발원하고, 그 유역의 산지 북동부에 지치부 분지가 펼쳐진다. 산지 동쪽 기슭에 해발고도 200m 이하의 구릉·대지가 남북으로 배열되고, 그 동쪽은 아라카와강과 도네강(利根川) 유역의 충적지로 곡창지대를 이룬다.

　기후는 내륙적 위치 및 지형의 영향으로 강수량이 적은 편이고, 기온의 교차도 크다. 구마가야시(熊谷市)의 연평균기온은 13.9℃, 연강수량은 1,284mm 이다. 개발의 역사가 깊은 곳으로서, 교다시(行田市)는 6~7세기경의 대고분군이 있다. 나라(奈良) 시대에는 고구려 유민과 신라인이 이주하면서 716년 고마군(高麗郡 : 현재의 日高町), 758년 시라기군(新羅郡 : 현재의 新座市)이 설치되어 그들 귀화인으로부터 양잠·직조·제지 등 선진기술을 받아들인 고장이기도 하다. 경지율이 높아 농업이 성하나 공업발달도 현저하여 경제기반이 되는 산업은 농업에서 공업으로 바뀌었다. 농업은 쌀·밀의 주곡농업, 배·딸기 등 원예농업, 젖소·닭·돼지 등 축산업이 활발하고, 산지에서는 양잠뿐 아니라 삼나무를 비롯한 목재생산이 많다. 공업은 오미야(大宮)·후카야(深谷)·가와고에(川越)·사야마(狭山)·소카(草加)·야시오(八潮) 등지에서 수송기기·전기기기·일반기계·금속제품 등 공업이 성하고, 그 밖에 지치부의 시멘트·견직물, 가와구치(川口)의 주물, 오가와(小川)의 일본종이 등 재래공업이 있다. 이와 같은 공업화와 도쿄에 인접한 위치조건으로 인구증가·도시화의 추세가 현저하다.

5) 치바현 [千葉縣, Chiba]

위치	일본 혼슈(本州) 남동단에 있는 현(縣).
경위도	동경 140°7′23″, 북위 35°36′17″
기후	북반부는 내륙성 기후, 남반부는 온난다우한 무상지역(無霜地域)
주도	치바시(千葉市)
면적	5156.6㎢
행정구분	36시17정3촌
꽃	유채꽃
나무	젖꼭지나무
새	멧새
인구	약 613만 명

현청 소재지는 치바이다. 보소(房總) 반도 전역을 차지하여 서쪽으로 도쿄만(東京灣), 동쪽으로 태평양에 면하고, 북쪽은 도네강(利根川), 북서쪽은 에도강(江戶川)이 현의 경계를 이루는데 에도강 하류를 끼고 도쿄도(都)와 맞닿아 있다. 북반부는 시모후사 대지(下總臺地), 도네강·에도강 연안, 도쿄만 연안, 구주쿠리하마(九十九里濱) 평야 등으로 되어 간토(關東) 평야의 일부를 이룬다. 남반부는 저산성의 보소(房總) 구릉으로, 해안은 암석해안을 이룬다.

본래 농·수산업이 주산업이었으나 제2차 세계대전 후 공업이 발전하였다. 면적의 약 1/3이 농경지이고, 농경지의 1/2이 논이다. 밭농사로는 고구마·땅콩 생산이 많았으나, 채소재배가 활발해져서 채소 출하량도 많다. 보슈(房州)의 꽃, 도미우라(富浦)의 비파, 이치카와(市川)의 배도 유명하다. 낙농업이 전국적이고 육계·

돼지 사육도 활발하다. 임업은 부진하나 삼부정(山武町)의 삼부삼나무가 예로부터 유명하고, 태평양 연안에서 수산업이 활발하여 조시를 비롯한 여러 어항에서 고등어·멸치 어획량이 많다. 도쿄만의 김양식은 임해공업지 조성으로 생산이 격감하였다. 모바라(茂原)를 중심으로 한 구주쿠리하마 평야에서 천연가스가 난다.

공업은 노다(野田)·조시 등지의 전통적인 간장양조 등 식품공업이 주축이 되어 왔으나, 해안매축지에 대기업 가와사키(川崎) 제철이 진출해 온 것을 계기로 임해지 및 내륙에 게이요(京葉) 공업지대가 형성되었다. 지바·고이(五井)·아네사키(姉崎)에 화력발전소·정유·석유화학·조선·중전기 등 대공장들이 세워지고, 기미쓰(君津)에는 제철소가 세워졌다. 제조품 출하액은 석유제품·철강·화학제품·식품 등이 상위를 차지한다.

치바항(港) 외에 게이요항(港)이 새로운 상항으로 축항되고 나리타(成田)에는 도쿄 국제공항이 건설되었으며, 도쿄와의 사이에 나리타 신칸센(新幹線)이 부설되었다. 도네강 유역의 스이고(水鄕)·이누보곶(犬吠崎) 중심의 해안, 보소 반도의 남부 해안 등이 국립공원으로 지정되었다.

6) 도쿄 [東京, Tokyo] (일본의 수도)

위치　　　일본 남동부 도쿄만
경위도　　동경 139°41′30″, 북위 35°41′23″
면적　　　2187.05㎢
행정구분　23특별구26시5정8촌
꽃　　　　왕벚나무
나무　　　은행나무

새   붉은부리갈매기

인구   약 1,290만 명

　도쿄는 황궁(皇宮)을 중심으로 한 23개 구(區)의 구부(區部), 그 서쪽의 3다마지구(三多摩地區) 및 이즈제도(伊豆諸島)·오가사와라제도(小笠原諸島)를 포함하는 3개 지역으로 대별된다. 이 3개 지역을 합쳐 도쿄도(東京都)라고 하며, 행정상 23특별구·27시(市)·5정(町)·8촌(村)으로 나뉜다. 도청소재지는 신주쿠구(新宿區)에 있다. 일반적으로 도쿄라고 할 때에는 23구의 구부를 말한다. 인구밀도는 1㎢당 5,293명으로 최저인 훅카이도(北海道, 73명)의 70배를 넘는다.

　지형은 서쪽에서부터 동쪽으로 간토산지(關東山地), 다마구릉(多摩丘陵)·사야마구릉(狹山丘陵), 무사시노대지(武藏野臺地)·아라카와강(荒川)·에도강(江戶川)의 충적지 순으로 계단 모양으로 낮아져서 도쿄만(東京灣)에 임한다. 간토산지는 도의 서쪽 경계에 있는 구모토리산(雲取山, 2,018m)을 최고봉으로 하여 1,500m 이상의 산봉이 이어지는 장년기 산지로, 산지를 깊이 침식하는 다마강(多摩川)과 그 지류 아키카와강(秋川)이 뛰어난 계곡미를 형성한다.

　산록에는 북서쪽에서 남동쪽으로 여러 작은 구릉과 다마구릉이 이어지고, 대지를 사이에 끼고 사야마구릉이 가로놓여 있다. 무사시노대지는 오메시(靑梅市) 부근을 정점으로 하여 남동방향으로 경사하는 평탄한 홍적대지(洪積臺地)로 해발고도 20~190m이다. 대지는 간토롬(關東loam)으로 불리는 화산회토(火山灰土)로 덮여 있으며, 중앙 부근에 샤쿠지이(石神井)·젠푸쿠지(善福寺)·이노카시라(井之頭) 등의 용천(湧泉)이 있으나 기타 지역에서는 일반적으로 지하수가 깊다. 대지의 동단부는 높이 약 20m의 벼랑에 의해 충적저지와 경계하는데, 그 말단부의 대지는 용천에서 흘러내리는 많은 하천의 침식곡에 의해 분리되어 혼고대(本郷臺)·도시마대(豊島臺)·요도바시대(淀橋臺)·메구로대(目黑臺) 등이 작은 대지군을 이룬다. 동부의 대지상에 형성된 시가지를 야마노테(山手)라고 하여, 저지부의 시가지 시타마치(下町)와 대조적으로 부른다.

저지는 아라카와강·에도강 하류의 삼각주와 매축지(埋築地), 다마강 하류의 삼각주와 매축지 등으로 나뉘는데, 대부분 해발고도 5m 이하의 저평한 땅이고, 특히 스미다강(隅田川, 아라카와강의 하류) 동쪽의 고토(江東) 지역에는 '제로미터 지대'라고 불리는 해면(海面) 이하의 땅도 있다. 이즈·오가사와라의 두 제도는 도쿄도에 속하는 태평양상의 화산도이다. 이즈제도는 활화산인 미하라산(三原山)이 솟아 있는 오시마섬(大島) 등 이즈7도(伊豆七島)를 중심으로 하는 제도로 후지하코네이즈(富士箱根伊豆) 국립공원에 속해 있다.

오가사와라제도는 북위 27°부근에 있는 30여 개의 섬으로 된 제도로, 그 전역이 물새 번식지로서 대부분의 물새들은 천연기념물로 지정되어 있다.

도쿄황궁

7) 가나가와현(神奈川縣, Kanagawa)

위치　　　　일본 간토평야(關東平野) 남서부에 있는 현.

경위도　　　동경 139°38′32″, 북위 35°26′52″

꽃　　　　　산나리

나무　　　　은행나무

면적　　　　2415.84㎢

새　　　　　갈매기

주도　　　　요코하마시(横浜市)

행정구분　　19시13정1촌

인구　　　　약 900만 명

　일본 혼슈(本州)의 거의 한가운데에 위치하며, 현청소재지는 요코하마(横濱)이다. 북쪽은 도쿄(東京)와 접하고, 동쪽은 도쿄만(東京灣), 남쪽은 사가미만(相模灣)에 면하며, 서쪽은 야마나시현(山梨縣)·시즈오카현(靜岡縣)과 이웃하고 있다. 지형은 서부의 산악지대와 중부의 대지(臺地)와 저지, 동부의 구릉지로 크게 나누어진다. 서부의 산악지대에는 북부에 단층지괴인 단자와(丹澤) 산지와 남서쪽 끝에 삼중식(三重式) 화산인 하코네산(箱根山, 1,438m)이 있고, 그 사이에 사카와강(酒勾川)이 형성한 아시가라평야(足柄平野)가 있다. 하코네산은 화구원(火口原)에 아시노코호(蘆湖)가 있고, 산중에는 많은 온천이 산재한다.

　간토(關東) 산지를 동쪽으로 흐르는 사가미강(相模川)은 현의 중앙부에서 남쪽으로 흐르다가 동쪽에 사가미하라(相模原) 대지, 서쪽에 나카쓰하라(中津原) 대지, 하류부에 사가미평야를 형성한 뒤 사가미만으로 유입된다. 사가미만 연안에는 쇼난사구(湘南砂丘)가 발달해 있고, 사가미하라 대지의 동쪽을 남류하는 사카이가와강 (境川) 북동부 지역은 다마구릉(多摩丘陵))으로 이루어져 있다. 작은 하천들이 동쪽으로 흐르다가 도쿄만으로 흘러들면서 만의 기슭에 좁은 충적평야를 형성하였고, 남동쪽 끝에 있는 미우라반도 (三浦半島)는 요코스카만(横須賀灣)·나가우라만(長浦灣) 등 양항만(良港灣)과 해식대지(海蝕臺地)를 발달시켰다.

기후는 전반적으로 온난한 편인데, 특히 사가미만의 연안지방은 겨울 평균기온도 온화하여 일찍부터 게이힌(京濱) 지방의 휴양지로 알려져 왔다. 그러나 내륙 산간지대에는 내륙성기후가 나타난다.

현의 경제 기반을 이루는 산업은 상공업으로, 가와사키(川崎)·요코하마의 임해부(臨海部)는 게이힌공업지대(京濱工業地帶)의 중핵을 이룬다. 공장은 매축에 의해 조성된 공업지에 집중되어 있으며, 중화학공업이 많은 것이 특징이다. 주요 공업은 수송용 기계·기구와 석유제품·전기제품·식료품·화학제품·기계·철강 등이다. 또 고도(古都) 가마쿠라(鎌倉)와 국제적으로 알려진 하코네는 대표적인 관광지로 꼽힌다.

04. 쥬부 (9개 현 구성)

1) 니가타현 [新潟縣, Niigata]

위치   일본 혼슈(本州) 중북부에 있는 현.
경위도   동경 139°1′21″, 북위 37°54′7″
꽃   튤립
나무   유키쓰바키

면적	12583.47㎢
새	따오기
주도	니가타시 (新潟市)
행정구분	20시9정6촌

현청 소재지는 니가타이다. 북동에서 남서에 걸쳐 에치고 (越後) · 미쿠니 (三國) · 히다 (飛驒) 등의 산맥에 둘러싸여 있고, 서쪽으로 긴 해안선이 동해 (東海) 에 면하며, 앞바다에 사도섬 (佐渡島) · 아와시마섬 (粟島) 이 있다. 시나노강 (信濃川) · 아가노강 (阿賀野川) 이 흘러내려 하류쪽에 니가타 평야를 형성한다.

기후는 겨울에 폭설이 내려 세계적인 다설지대를 이루고, 봄에는 푄(Fohn) 현상이 뚜렷하다. 니가타시의 연평균기온은 13.0℃, 강수량은 1,850mm 정도이다. 산업은 벼농사 중심으로 일본 제1의 곡창지대이다. 쌀의 단작 (單作) 외에 튤립 재배가 유명하다. 수산업은 사도섬 근해에서 고등어·멸치·대구·전갱이 등 연안어업이 이루어지고, 수산양식업도 활발하다. 원래 석유가 생산되었으나 생산량이 줄고, 대신 석회석·천연가스를 개발하고 있다. 천연가스는 관토지방까지 공급되며, 니가타시를 중심으로 전기기계·금속제품·일반기계·섬유·식료품등이 발달하였다.

니가타항은 해류교통의 접점으로 러시아 연방과 북한에 대한
문호 구실을 하며, 재일교포의 북송이 이 항구에서 이루어졌다.

2) 도야마현 [富山縣, Toyama]

위치　　　　일본 혼슈(本州) 중앙 북부 동해(東海)에 면한 현.
경위도　　　동경 137°12′40″, 북위 36°41′44″
기후　　　　북서계절풍의 영향으로 겨울에 눈이 많고, 특히 산
　　　　　　지에 적설량이 많다.
주도　　　　도야마(富山)
면적　　　　4247.55㎢
행정구분　　10시4정1촌
꽃　　　　　튤립
나무　　　　다테야마삼목
새　　　　　뇌조
인구　　　　약 111만 명

　　현청 소재지는 도야마시이다. 제2차 세계대전 후 농업 위주에서
공업 위주로 성장한 대표적인 현이다. 도야마만(灣)에 면하여 도
야마 평야가 펼쳐지고, 동·서·남쪽 3면이 산지로 둘러싸여 있다.
도야마시는 연평균기온 13.3 ℃, 연강수량 2,388mm이다. 산업은
농경지의 대부분이 논이어서 논의 비율이 일본에서 가장 높다. 도
나미(礪波)시의 쇼게(庄下) 지구와 구로베강(黑部川)의 선상지에서는
논의 그루갈이로 튤립을 재배하여 그 구근(球根)을 수출하고 있다.
수력자원이 풍부하여 구로베강·쇼간지강(常願寺川) 수계에서 최대
출력 196만 kW의 전력을 생산하고 있다.

공업은 금속·화학·종이펄프·기계·방적 공업의 비중이 높고, 전해(電解)·전로(電爐) 공업이 중핵이 되어 있다. 그 밖에 도야마시를 중심으로 한 가정약(家庭藥), 다카오카(高岡) 시의 동기(銅器) 등 전통공업이 있다. 1968년에 도야마신항을 축항하고, 이미즈(射水) 의 벼농사지대에 대공업지대를 조성하였다. 일대의 산악지대와 함께 국립공원에 속해 있는 다테야마 산지(立山山地)와 구로베 협곡은 일본 굴지의 산악관광지이다.

3) 이시카와현 [石川縣, Ishikawa]

위치	일본 혼슈(本州) 의 동해(東海) 연안 중앙부에 있는 현.
경위도	동경 136°14′39″~137°21′55″,
	북위 36°17′44″~37°51′19″
주도	가나자와시(金澤市)
면적	4185.48㎢
행정구분	10시9정
꽃	흑백합
나무	노송나무
새	검둥수리
인구	약 117만 명

현청소재지는 가나자와시(金澤市) 이다. 남반부에는 동부에 화산대를 수반하는 료하쿠(兩白) 산지가 있으며 남북으로는 하쿠산산(白山, 2,702m) 등이 솟아있고, 서부에 가나자와 평야가 펼쳐져있다. 료하쿠 산지로부터 발원하는 사이카와강·데도리강(手取川) 이 평야를 가로지른다.

　북반부는 노토(能登) 반도가 대부분을 차지하여 기복이 완만한 노토 구릉과 동쪽 경계지역의 호다쓰(寶達) 구릉 및 그 중간지역인 오치가타(邑知潟) 지구대로 나뉜다. 노토 반도에서도 벼농사가 성하여 계단식 논이 형성되어 있고, 그밖에 잎담배 재배와 밤 생산 및 소 사육 등이 성하다.

　임업은 노토 반도 구릉지 및 료하쿠 산지에서 삼나무·소나무가 산출되고, 수산업은 노토 반도를 중심으로 정어리·고등어·방어 어획이, 나나오만을 중심으로 굴·진주조개·김·방어의 양식이 성하다. 공업은 가나자와·고마쓰·가가(加賀)를 중심으로 직기(織機)·자전거부품·건설기계·공작기계 등 공업이 활발하다.

　섬유공업도 성하여 오랜 전통을 자랑하며, 견직물·레이온·합성섬유직물 등의 생산은 전국의 약 1/5을 차지한다. 전통공업으로는 가가의 가가하부타에(加賀羽二重, 견직물)·가가유젠(加賀友禪, 염색옷감)·노토조후(能登上布, 麻布)·데라이(寺井)·고마쓰의 구타니 도자기(九谷燒), 가나자와의 금박(金箔) 제품, 와지마(輪島)·야마나카(山中)의 칠기(漆器) 등이 유명하다.

　하쿠산의 산악경관, 노토 반도 등지의 해안경관 등이 국립·국정공원으로 지정되어 있고, 가나자와의 겐로쿠원(兼六園)은 일본 3대정원(三名園) 중 하나이며, 가가 온천을 비롯하여 각지에 온천이 많다.

가나자와성

4) 후쿠이현 [福井縣, Fukui]

위치   일본 (本州) 중서부에 있는 현.

기후   연평균 기온은 13.8℃, 연평균 강수량은 2,472mm

경위도   동경 136°13′15″, 북위 36°3′54″

주도   후쿠이시(福井市)

면적   4189.28㎢

행정구분   98정

꽃   수선

나무   소나무

새   개똥지빠귀

인구   약 82만 명

동해(東海)에 면해있다. 지형상 레이호쿠(嶺北)·레이난(嶺南)의 두 지역으로 나뉘는데, 기노메고개(木ノ芽峠)가 그 경계가 된다. 레이호쿠는 료하쿠(兩白) 산지 지역으로, 저지를 구즈류강(九頭龍川)과 그 지류 히노강(日野川)·아스와강(足羽川)이 흐른다. 레이난 산지는 복잡한 단층구조를 가진 고원성 산지로 와카사만(若狭灣)의 함몰에 의해 리아스식해안을 형성한다. 만 안쪽에 쓰루가(敦賀)·미카타(三方)·오하마(小濱) 등 소평야가 분포한다.

겨울에는 강설이 많은 동해 연안 기후의 특색을 보인다. 레이난은 레이호쿠에 비해 강설량이 약간 적고, 연평균기온도 1~2℃ 높다.

현의 주산업은 농업과 공업이다. 농지의 90%가 논이어서 쌀농사가 성하나 그루갈이는 거의 하지 않는다. 산리하마사구(三里濱砂丘)의 염교, 가에쓰 산지의 수박, 와카사(若狭)의 양배추, 에치젠

(越前, 嶺北) 해안의 수선(水仙) 등은 특산물로 되어 있다.

수산업이 비교적 성하여 고등어·명태·방어·전갱이·가자미 등의 어획이 많다. 겨울철의 에치젠게(越前蟹), 여름철의 성게는 특산물로 유명하고, 와카사만에서는 진주조개·복어 양식업이 행해진다. 메이지(明治) 초부터 섬유공업이 일어나서 오늘날 견직물·인견·합성섬유 직물 등을 다양하게 산출, 직물왕국으로 일컬어진다.

그밖에 쓰루가에 나일론사(絲)·황산·시멘트·합판, 오하마에서 기계, 다케후(武生)에서 화학비료·비닐, 사바에에서 안경테, 가나즈(金津)에서 기계·펄프 등 공업이 성하고, 재래공업으로는 다케후의 칼붙이, 이마다테(今立)의 일본종이, 사바에의 에치젠 칠기, 오하마의 와카사 칠기(若狹塗) 등이 유명하다.

한편, 쓰루가·오시마(大島)·우치우라(內浦) 반도에 원자력발전소가 집중되어, 일본 굴지의 원자력발전 기지가 되고 있다. 해안 일대는 거의 전역이 국립·국정 공원으로 지정된 관광지이고, 아와라(蘆原) 온천, 에이헤이지정(永平寺町)의 에이헤이사(永平寺) 등도 주요 관광자원이 되고 있다.

5) 야마나시현 [山梨縣, Yamanashi]

위치　　　　일본 혼슈(本州) 중남부에 있는 현.
경위도　　　동경 138°34′8″, 북위 35°39′53″
주도　　　　고후시(甲府市)
면적　　　　4465.37㎢
행정구분　　13시9정6촌
꽃　　　　　후지벚꽃
나무　　　　단풍나무

새　　　　　휘파람새

인구　　　　약 88만 명

　현청 소재지는 고후시(甲府市)이다. 북쪽에 간토(關東)산지와 야쓰가다케산(八ヶ岳), 서쪽에 아카이시(赤石)산맥, 동쪽과 남쪽에 후지산(富士山)과 미사카(御坂)산지가 둘러싸고, 중앙에 가마나시강(釜無川)과 후에후키강(笛吹川)이 형성하는 고후(甲府)분지가 있다. 동부는 가쓰라가와강(桂川) 유역으로 하안단구(河岸段丘) 상에 취락이 발달하고, 후지산 북록에는 후지5호(富士五湖)가 있다. 좋은 자연 환경의 영향으로 과수 왕국으로 알려져 있으며 공업과 관광산업도 발전되어 있다. 주산업은 농업으로, 벼농사와 양잠 및 과수·채소의 원예농업이 주축이 되고 있다.

　고후분지의 동·서사면을 중심으로 포도·복숭아·감·사과·매실·자두 등 과수재배가 성하다. 동부의 가쓰라가와강 유역 일대는 오래된 양잠지대로 잠견 생산량은 일본 굴지이다. 야쓰가다케산 산록부는 양배추·상추·무·씨감자 등 고랭지채소 산지이고, 또 낙농도 성하다. 현역(縣域)의 약 75%가 산림지대여서 용재·펄프재의 벌채량이 많다. 공업은 극히 영세하고, 고후의 수정(水晶)·보석·귀금속 가공, 가쓰누마정(勝沼町)·하쿠슈정(白州町)의 포도주 양조, 이치카와다이몬정(市川大門町)의 일본종이 제조, 로쿠고정(六鄕町)의 인장(印章) 제조 등의 공업이 영위되고 있다. 일본의 영산(靈山) 후지산을 비롯하여 후지5호·쇼센협(昇仙峽)·다이보사쓰고개(大菩薩峠) 및 아카이시산맥의 준봉 등 뛰어난 경승지가 많아 현내에 3개의 국립공원 및 국정공원 등이 있고, 온천도 산재한다. 도쿄와 가나가와현에 가까워 최근에는 수도권의 일부가 되고 있다.

6) 나가노현 [長野縣, Nagano]

위치	일본 혼슈(本州) 중앙부 산악지대에 있는 현.
경위도	동경 138°10′51″, 북위 36°39′6″
주도	나가노시(長野市)
면적	13562.23㎢
행정구분	19시25정37촌
꽃	용담
나무	자작나무
새	뇌조
인구	약 218만 명

마츠모토성

현청소재지는 나가노(長野)이다. 일본의 지붕으로 불리는 알프스는 히다(飛屎)·기소(木曾)·아카이시(赤石)의 3산맥 및 기타 산맥들이 남북으로 뻗고, 서부에 3,000m급의 온타케산(御岳山)·노리쿠라타케산(乘鞍岳), 동부의 간토 산지에 아사마산(淺間山) 등 화산을 수반한다. 이들 산지 사이를 북류하는 치쿠마강(千曲川), 남류하는 덴류강(天龍川) 유역에 현의 중심부인 산간 분지가 남북으로 전개된다.

현의 서부를 남류하는 기소강(木曾江)은 협곡을 이루고, 현의 중앙부에 스와호(諏訪湖)가 있다. 기후는 내륙성 기후의 특색을 나타내어 기온의 연교차가 크고, 기온의 수직적 변화가 크다. 나가노시의 연평균 기온은 11.3℃, 강수량은 1,014mm이다. 1998년 동계 올림픽경기대회(제18회)와 패럴링픽 동계대회가 이곳에서 개최되었다. 전국 3위의 농업현으로 쌀·과일·채소 재배와 축산·양

잠이 성하며, 하천에 많은 발전소가 건설되어 전국적인 전원지대 (電源地帶)를 이룬다.

7) 기후현 [岐阜縣, Gifu]

위치	일본 혼슈(本州) 중서부에 있는 현.
경위도	동경 136°45′26″, 북위 35°25′10″
주도	기후시(岐阜市)
면적	10621.17㎢
행정구분	21시19정2촌
꽃	자운영
나무	주목
새	뇌조
인구	약 210만 명

현청소재지는 기후(岐阜)이다. 산지·고원·구릉이 현의 대부분을 차지하고, 남서부에 좁은 평야가 펼쳐진다. 북동부 현경(縣境)에는 3,000m급의 산이 솟은 히다(飛驒)산맥이 화산대를 수반하여 이어지고, 북서부 현경에는 2,000m 이하의 산지가 역시 화산대를 수반하고 이어지며, 두 산지 사이에 고원·구릉이 넓게 펼쳐진다. 남서부의 평야는 기소강(木曾川)·나가라강(長良川)·이비강(揖斐川) 유역의 충적평야로 와주(輪中)라고 불리는 저습지가 넓게 펼쳐진다.

기후는, 북부가 겨울에 눈이 많고, 남부가 여름에 비가 많은 상이한 특색을 보인다. 연평균기온은 남부 14.7℃, 북부 10.2℃이다. 연강수량은 남부가 1,904mm정도, 북부가 1,801mm정도이다. 남부 평야지대는 저습지 수해대책이 진척되어 미작(米作) 중심지를 이루고, 산간분지에서도 미작이 성하다. 그 밖에 과일·채소 재배가 성하며, 감 생산은 전국 1위이다.

현의 경제기반이 되는 산업은 공업이다. 현의 남부인 기후·오가키(大垣)·하시마(羽島)를 중심으로 한 지역은 주쿄(中京) 공업지대의 일부를 이루어 모직물을 비롯한 섬유공업이 성하고, 그 밖에 나카쓰가와(中津川)의 종이·펄프 공업, 가카미가하라(各務原)의 항공기·자동차 공업이 유명하다. 한편, 산악지대에는 경승지가 많고, 신라문화의 영향을 많이 받은 고장이기도 하다. 그래서 시라기신사(新羅紳士), 고가네신사(金紳士) 등 신라인을 모신 사당이 도처에 있으며, 신라와 연관된 지방이 많다. 수고(數河)사자춤 보존회의 문헌에 의하면, 현의 지정무형문화재인 하쿠산신사(白山紳士)의 수고사자춤은, 신라의 승려 융관(隆款)이 이곳에 거주할 때 전수시킨 것이라고 기록되어 있다.

*일본의 세계 문화유산 : 시라카와마을과 고카야마의 합장식 부락

- 기후현, 도야마현   1995.12

8) 시즈오카현 [靜岡縣, Shizuoka]

위치　　　　일본 혼슈(本州) 중부에 있는 현.

기후　　　　온난다우하며, 시즈오카시의 연평균 기온은 15.7℃, 강수량은 2,355mm이다.

경위도　　　동경 138°22′59″, 북위 34°58′38″

꽃　　　　　철쭉

나무　　　　물푸레나무

면적　　　　7780.12㎢

새   삼광조
주도   시즈오카시(靜岡市)
행정구분   23시19정

  현청소재지는 시즈오카이다. 중부지방은 태평양에 접해 있으
며 현의 동부는 후지산(富士山, 3,776m)의 광대한 비탈면과 스루가
만(駿河灣) 및 이즈(伊豆)반도를 포함하는 지역이다. 후지화산대에
속하는 많은 화산이 분출하고, 일대에 많은 온천이 산재하며, 이
즈 반도 해안에는 높은 해식애가 발달하였다. 서부에는 해발고도
3,000m의 고봉이 줄을 잇는 아카이시(赤石)산맥이 남서로 뻗고,
덴류강(天龍川)과 오이강(大井川) 등이 깊은 협곡을 이루며 남류한
다. 그들 하천은 산지 남쪽에 큰 선상지(扇狀地)를 형성하고, 그 사
이사이에 홍적대지(洪積臺地)가 펼쳐진다.
  산지의 비탈면·구릉지·하곡 등지에서 원예농업이 성하여 차·
온실멜론·딸기·밀감·고추냉이(와사비)를 생산한다. 평야지대에서
는 쌀·밀·채소류 재배와 양돈·양계가 이루어진다. 이즈반도와 아
카이시산맥에는 인공조림에 의한 삼나무·편백나무 수림이 무성
하다. 수산업은 다랑어·가다랭이의 원양어업을 중심으로 연근해
어업·수산양식업이 성한데 야이즈(燒津)·시미즈(淸水)·오마에자키
(御前崎)와 니시이즈(西伊豆) 등의 어항은 원양어업기지이다. 공업
은 제철·고무 공업을 비롯하여 하마마쓰(濱松)·이와타(磐田)·하마
키타(濱北)의 오토바이·경자동차·섬유·악기, 시즈오카·시미즈·야
이즈의 식품·가구, 시미즈의 알루미늄제련·정유·조선·전기기기,
후지(富士)·스소노(裾野)의 자동차, 누마즈(沼津)의 기계·금속, 미시
마(三島)·후지의 합성섬유 등이 발달하였다. 도쿄나 나고야, 오사

카를 잇는 회랑지역으로 일찍부터 산업 활동이 활발한 산업현이
다. 후지산과 하꼬네산 주변 이즈반도는 1956년 후지하꼬네이즈
국립공원으로 지정돼 년간 5670만명의 관광객이 찾는 관광 명소
가 되었다. 특히 아타미 온천은 큐슈의 뱃부 온천과 어깨를 나란
히 하고 있는 온천 도시이다.

9) 아이치현 [愛知縣, Aichi]

위치	일본 혼슈(本州)
경위도	동경 136°54′24″, 북위 35°10′50″
주도	나고야시(名古屋市)
면적	5164.57㎢
행정구분	35시26정2촌
꽃	제비붓꽃
나무	꽃단풍
새	부엉이
인구	약 740만 명

　현청소재지는 나고야시(名古屋市)이다. 도쿄(東京), 오사카(大阪)의
동서 2대 도시권 중간에 있는 일본 제3의 대도시권을 형성한다. 지
형은 북동부의 산지와 서부 및 남부의 평야로 대별된다. 산지는 기
소(木曾)산맥 남단부에 해당되는 해발고도 600~800m의 미카와(三
河)고원이 미카와 만안(灣岸)까지 미치며, 고원 서쪽을 야하기강(失
作川)이, 동쪽을 도요카와강(豊川)이 흘러 하류에 유역평야를 형성
한다. 서쪽의 기소(木曾)·나가라(長良)·이비(揖斐)의 세 하천이 모이
는 곳에 노비(濃尾)평야가 펼쳐지고 하구 부근의 이세만(伊勢灣)에는
간척지가 넓게 조성되어 있다. 해안선의 총연장은 450km이다. 기

후는 전반적으로 온화하여 겨울에도 서리나 눈이 내리는 일이 드물고, 여름에서 가을에 걸쳐 태풍의 피해를 입는 경우가 있다.

전국시대(戰國時代) 말기 오다노부나가(織田信長), 도요토미 히데요시(豊臣秀吉), 도쿠가와 이에야스(德川家康) 등 전국 통일의 무장들이 배출되고, 그 뒤 대영주의 영지가 되었다가 메이지유신(明治維新)을 맞았다. 상공업이 발달하여 나고야를 중심으로 하는 이세만 연안의 임해지역은 주쿄(中京) 공업지대의 핵심부가 되고 있다. 자동차공업을 주축으로 하는 각종 기계공업이 크게 발달하였는데, 도요타(豊田)·가리야(刈谷)가 중심이다. 나고야의 임해부에는 넓은 매축지가 조성되어, 철강·화학·전력·목재 등의 대규모 공장들이 입지한다. 그 밖에 도자기·모직물·면제품 등 전통공업도 유명하다. 농업은 집약적·다각적으로 영위되어 채소재배, 돼지·닭 사육이 성하고, 전조재배국화(電照栽培菊花), 수박 등이 특산물이다. 이세만·미카와만의 김 양식, 야하기강(失作川) 부근의 뱀장어·금붕어 양식은 전통적으로 유명하다. 2005년에는 이세만에 중부신국제공항(中部新國際空港)이 개항되었으며, 같은 해 세토시(瀨戶)를 중심으로 환경을 테마로 한 만국박람회가 개최되었다.

05. 긴키 (7개 현 구성)

1) 미에현 (三重縣, Mie)

위치   일본 혼슈(本州)
경위도   동경 136°30′30″, 북위 34°43′51″
주도   쓰시(津市)

면적	5777.17㎢
행정구분	14시15정
꽃	꽃창포
나무	진구삼나무
새	흰물떼새
인구	약 187만 명

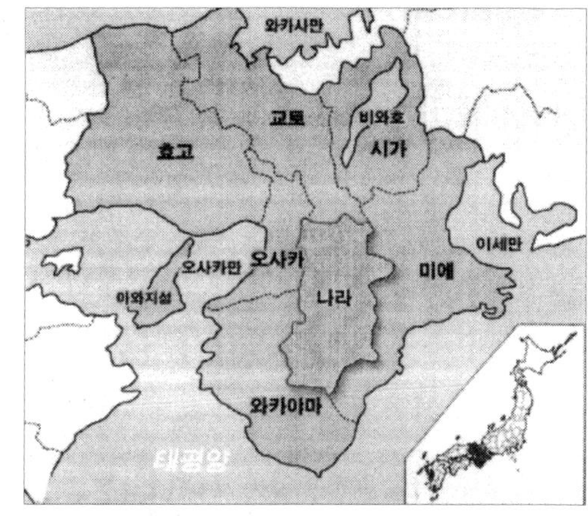

　현청소재지는 쓰시(津市)이다. 기이(紀伊)반도 동안에 위치하고, 동쪽으로 이세만(伊勢灣), 남쪽으로 태평양에 면한다. 북부에서는 스즈카(鈴鹿)산맥·누노비키(布引)산맥·다카미(高見)산맥이 분수령을 이루고, 그 동쪽에 이세평야, 서쪽에는 우에노(上野)분지가 있다. 남부지역은 기이산지가 해안 가까이까지 펼쳐져 평지가 적고 해안은 전형적인 리아스식이다.

　현의 2/3가 산림이며, 양질의 기슈(紀州) 목재가 산출된다. 욕카이치(四日市)를 중심으로 한 이세만 연안에서는 석유화학·모직물·자동차·유리·도자기 공업이 성하다. 농산물로는 쌀·차·귤 등이 있고, 어업으로는 정어리·가자미·방어·가다랭이·다랑어잡이와 진주·김·조개 등의 양식이 이루어진다. 시마 반도에는 오래전부터 해녀들이 전복 등을 따오고 있다. 이세시마(伊勢志摩) 국립공원·요시노쿠마노(吉野熊野) 국립공원을 비롯하여 명소와 유적이 많다.

2) 시가현 [滋賀縣, Shiga]

위치 일본 혼슈(本州) 중서부에 있는 내륙현(縣).
기후 전반적으로 내륙성 기후를 이루다, 겨울철 북부에
  강설량이 많다.
면적 4,017㎢
인구 약 128만 명

현청 소재지는 오쓰시 (大津市)이다. 7시(市) 42정(町) 1촌(村)으로 구성되며, 현의 주위는 동부의 이부키(伊吹) ·스즈카(鈴鹿), 서부의 히라(比良) ·히에이(比叡) 등 단층산지로 둘러싸이고, 그 중앙에 비와호(琵琶湖)를 안은 오미(近江) 분지가 있다.

이부키 산지의 이부키산(伊吹山, 1,377m)이 최고봉이고, 이부키 · 스즈카 산지 사이에 고래로 교통의 요충이 되어 온 세키가하라(關ヶ原)의 협애부(狹隘部)가 있다. 비와호는 현 총면적의 1/6을 차지하며, 동안(東岸)의 야스강 (野洲川) ·히노강 (日野川) ·에치강 (愛知川) · 아네가와강 (姉川) 유역에 평야가 펼쳐지고, 서안에는 산지가 호안(湖岸)에 인접하여 아도강 (安曇川) 유역 평야 외에는 평야가 없다.

본래 벼농사가 성한 지역이었으나 지금은 공업생산이 앞서고 있다. 비와호 동부의 평야지대는 일찍이 고슈미(江州米) 산지로 알려져 왔고, 그 밖에 남부에서는 밀 ·채종(菜種) ·완두 등의 그루갈이가 성하다. 또 남 ·동부의 산지에서 차재배, 평야부에서 소사육, 북부 하천유역에서 양잠이 이루어진다. 비와호에서는 붕어 · 몰개 ·꾹저구 ·바지라기 등 어패류의 어획 및 번식용의 새끼은어 ·민물진주조개 양식이 성하다.

공업은 오쓰·나가하마(長濱)의 합성섬유, 오쓰·히코네·구사쓰(草津)의 전기기기, 히코네의 펄프, 나가하마의 디젤엔진 등이 중요하다. 비와호 연안에는 경승지와 사적 및 유서 깊은 사찰·신사(神社) 등이 많아 국립공원으로 지정되었다.

3) 교토 [京都, Kyoto]

위치   일본 교토부(京都府) 남부의 교토분지에 있는 고도(古都).
경위도   동경 135°45′17″, 북위 35°0′36″
면적   827.9㎢
꽃   동백나무
나무   수양버들
인구   약 150만 명

교토부의 부청소재지이다. 11개구(區)로 나누어지며, 시역(市域)은 교토분지와 분지를 동쪽·서쪽·북쪽으로 둘러싼 산지에 걸쳐 있다. 교토분지 가운데 북쪽에서 동쪽에 걸친 지역은 가모가와강(鴨川 또는 賀茂川)과 그 지류 다카노강(高野川)·시라카와강(白川) 등에 의해 형성된 선상지이고, 서쪽에서 남쪽에 걸친 지역은 가쓰라가와강(桂川)·가모가와강·우지강(宇治川) 등에 의해 형성된 충적평야이다. 분지를 둘러싼 산지는 방위에 따라 각각 히가시야마산(東山)·니시야마산(西山)·기타야마산(北山)이라고 한다.

여름에는 30℃를 넘는 날이 많아 몹시 무덥고, 겨울에는 1월 평균최저기온이 영하 0.9℃로 아주 낮은 기온이 아닌데도 분지에 냉량다습(冷凉多濕)한 공기가 괴어 체감온도가 매우 낮다. 비는 주로 여름에 많이 내리며, 연평균강수량은 1,579mm이다.

교토분지는 주로 한반도 및 대륙에서 건너온 귀화인(歸化人)에
의해 일찍이 개발됨에 따라 토지의 개척·관개에 의한 농업생산
과 양잠·견직(絹織) 등의 산업이 크게 발전하였다. 794년 이곳에
새 도읍 헤이안교(平安京)를 조영하고 천도하였다. 그후 400년 간
에 걸친 헤이안시대(平安時代)에 국정의 중심지로 번영하였으나,
바쿠후(幕府) 정치의 시작과 더불어 정치적 기능을 상실하였고,
에도시대(江戶時代, 1603~1867)에는 정치의 중심이 에도(지금의 도쿄)
로 옮겨짐에 따라 형식상의 수도로 전락하였다. 그러나 1868년
메이지유신(明治維新)과 더불어 도쿄로 천도할 때 인구 50만의 대
도시가 되었으며, 오늘날에도 경제·문화의 중심지이자 국제적인
관광도시로 발전하고 있다.

산업은 공업·상업과 함께 관광업이 발달하였다. 공업은 전통
공업의 비중이 높은 것이 특색인데, 대표적인 것으로 견직물 니
시진직(西陣織)의 직조업과 가모가와강·가쓰라가와강의 물을 이
용한 유젠염(友禪染)이라고 하는 염색업을 들 수 있다. 그 밖에 기
요미즈도기(淸水燒)·쥘부채·인형 등의 공업과 술·과자류·장아찌
류 등 전통적인 식품공업 등이 유명하다. 무로마치(室町)죠 일대
에는 전국 최대의 견직물 도매상가가 형성되어 있다.

전국적인 학술·문화 도시로, 교토대학·도시샤대학(同志社大學)
외에 많은 대학과 박물관·미술관·국제회관 등 문화시설이 있다.
관광명소로는 옛 왕궁인 교토고쇼(京都御所)와 도쿠가와가(德川
家)의 재경거관(在京居館)인 니조성(二條城)·가쓰라이궁(桂離宮, 別宮)
이 있고, 이 밖에 히가시혼간사(東本願寺)·니시혼간사(西本願寺)·긴
카쿠사(金閣寺)·긴카쿠사(銀閣寺)·난젠사(南禪寺)·도사(東寺)·고류사
(廣隆寺)·류안사(龍安寺)·기요미즈사(淸水寺)·헤이안신궁(平安神宮) 등

1000년의 역사를 갖고 있는 사찰·신사가 2,000여 개 남아 있다.

*일본의 세계 문화유산 : 고도 교토의 문화재 - 교토시, 우지시, 오쓰시

1994.12

4) 오사카 [大阪, Osaka]

위치   일본 혼슈(本州) 서부에 위치한 세토나이카이(瀬戸內海) 동쪽 오사카만(灣)에 면한 도시.

경위도   동경 135°30′7″, 북위 34°41′39″

면적   222.3㎢

꽃   팬지

나무   벚나무

인구   약 270만 명

시역(市域)은 우에마치 대지(上町臺地)와 요도가와강(淀川)의 삼각주로 이루어져 있다. 우에마치 대지는 오사카성(城) 부근에서 남쪽으로 이어지는 길이 12km, 너비 2~3km, 해발고도 20m의 대지이고, 요도가와강 델타는 요도가와강의 여러 분류인 신(新)요도가와강·아지강(安治川)·시리나시강(尻無川)·기즈강(木津川) 및 남쪽의 야마토강(大和川)의 유역과 오사카만 연안을 포함하는 일대로 해발고도가 5m 이하의 저지이다. 삼각주 지대에는 주위의 소하천 외에 운하가 많이 굴착되어 있어 시역의 11.2%가 수역(水域)이다. 따라서 흔히 '물의 도시'로 불리고, 또 다리가 약 840개에 달하여 '다리의 도시'로도 불린다. 삼각주 지대에는 공장지대가 펼쳐져서 지하수를 많이 퍼올려 쓰기 때문에 지반침하(地盤沈下)가 심한데, 특히 신요도가와강 하류 유역에는 1934년 이래 2.5m 가

침하한 곳도 있어 방조제(防潮堤)를 축조하였다. 일반적으로 서풍이 많이 불어 임해공업지대로부터의 매연에 의한 공해가 시역에 널리 미친다.

고대에는 나니와(難波), 중세 이후에는 오사카(大坂) 또는 고사카(小坂)로 부르다가 메이지 유신(明治維新) 이후 현재의 지명으로 고쳐졌다. 일본문화의 여명기인 아스카시대(飛鳥時代, 6세기 말~7세기 중엽)부터 세토나이카이와 수도 아스카를 연결하는 교통의 요충을 이루어, 한반도를 비롯한 대륙문화를 받아들이는 문호로서 발전하였다. 또한 그 시대를 전후하여 오진왕(應神王) 등 몇몇 국왕이 이곳에 왕궁을 조영한 일도 있다. 그 뒤 요도가와강에 의한 토사의 퇴적으로 항구의 기능을 잃자, 중세에는 시텐노사(四天王寺)·이시야마혼간사(石山本願寺) 등의 문전(門前)도시로서의 명맥을 유지해 온 정도에 그쳤다. 그러나 1583년 도요토미 히데요시(豊臣秀吉)가 오사카성(城)을 구축함으로써 다시 활기를 되찾아 급속한 발전을 보였다. 도요토미 정권 멸망 이후 오사카는 도쿠카와 막부(德川幕府)의 지배하에 들어갔으나, 요도가와강의 수운이 열리고 전국 각 영주(領主)의 쌀을 비롯한 물자교역지가 되어 상업도시로 발전하였다. 그리하여 에도시대(江戸時代)에 이미 에도 및 교토(京都)와 더불어 3대 도시로 일컬어졌다.

전형적인 상공업도시로 상업·공업 이외의 산업은 극히 미미하다. 에도시대 이래의 상업도시로서의 전통을 지니고 있어서, 도쿄(東京)와 더불어 일본을 동·서 2개의 상권(商圈)으로 나누고 있다. 상업은 도매상의 지위가 매우 높다. 도매상가는 센바(船場)·시마노우치(島之內) 등 구시가지에 많고, 혼마치(本町)·도부이케상가의 섬유, 도쇼초(道修町)의 약종(藥種), 마쓰야초(松屋町)의 과자·

완구, 니혼바시상가(日本橋筋)의 전기기구 등 동일업종이 동일지역에 집중하는 전통이 유지되고 있다. 한편 도매상가에 인접한 도지마섬(堂島)과 나카노섬(中之島) 등에는 금융기관·무역상사가 있어 경제의 핵심지역을 이루고 있다. 또 한신(阪神)공업지대의 중심을 이루어 철강·기계·금속 등 중화학공업을 중심으로 섬유·의류·식품·잡화 등 경공업도 활발하다. 공업지구는 북부·동부·서부의 3지구로 나뉜다. 북부지구에서는 면직·염색·방적·제약·화학공업, 동부지구에서는 기계부품·완구·모자·안경 등의 공업, 서부의 임해지구에서는 철강·금속·기계·조선·석유화학 등 중화학공업이 활발하다.

도쿄와 더불어 일본의 2대 교통중심지이다. 신칸센(新幹線)을 비롯하여 철도·지하철·도로가 발달하여 교토(京都)와 나라(奈良)·고베(神戶) 등 인근의 도시 및 관광지를 연결하고 있다. 오사카항(港)은 부두설비가 갖추어진 근대적 항만으로 세토나이카이를 중심으로 국내항로 외에 외국항로의 화물선 출입도 빈번하다. 시역 밖의 북서쪽에는 오사카 국제공항이 있고, 오사카만에는 간사이(關西) 국제공항이 있다. 오사카에는 교토·나라 등의 인근도시에 비해 관광자원은 많지 않으나 오랜 역사를 지닌 도시인 만큼 유적지가 많다. 오사카성(城)을 비롯하여, 일본에서 가장 오래된 사찰의 하나인 시텐노사(四天王寺), 일본의 3대 민속제전의 하나인 천신제(天神祭)로 유명한 덴만궁(天滿宮) 등의 사찰·신사(神社)가 있다.

오사카성

그 밖에 미술관·박물관 및 스포츠 시설 등이 갖추어져 있다. 오사카는 한국 교포들이 많이 살고 있는 도시(약 30만명)인데, 특히 시(市) 동부의 이쿠노구(生野區)는 전국적으로 보아 한국 교포가 가장 많이 사는 지구이다.

5) 효고현 [兵庫縣, Hyogo]

위치	일본 혼슈(本州) 서부에 있는 현.
경위도	동경 135°10′58″, 북위 34°41′29″
주도	고베시(神戶市)
면적	8395.61㎢
행정구분	29시12정
꽃	야로수
나무	녹나무
새	황새
인구	약 560만 명

일본 혼슈 서부에 있는 효고현의 현청소재지. 일본 제3의 무역항이며 최근 환경친화적인 도시로 부각되고 있다. 현청소재지는 고베(神戶)이다. 교토부(京都府)와 오사카부(大阪府) 서쪽에 접하여, 북쪽으로는 동해(東海), 남쪽으로는 세토나이카이(瀨戶內海)에 면한다. 주고쿠산지(中國山地)·단바고지(丹波高地)가 현의 중앙부를 차지하고, 마루야마강(圓山川)·무코강(武庫川)·이나강(猪名川)·가코강(加古川)·이치카와강(市川)·이보강(揖保川)이 각각 무코평야 및 히메지(姬路)평야를 형성한다. 세토나이카이에는 아와지섬(淡路島)이 오사카만(灣)의 만구(灣口)를 가로막으면서 길게 놓여 있다. 동

해 사면은 겨울에 강수·적설이 많고, 세토 나이카이 사면은 온난과우하다.

　중추산업은 공업으로, 농지감소, 전업농가의 감소, 논의 이모작률 저하 등의 경향이 현저하다. 아와지섬 북부와 고베시 주변의 화훼(花卉) 재배가 특색 있는 농업지역을 형성한다. 다지마소(但馬牛)로 알려졌던 축산도 젖소·돼지 및 닭의 사육으로 바뀌어가고 있다. 남·북으로 바다를 낀 수산현이었으나, 세토 나이카이에서는 공업화로 인한 어업환경의 파괴가 현저하고, 동해에서도 한국과 맺은 어업규제협정 및 남획에 의한 어족 고갈 등으로 수산업의 쇠퇴가 심하다. 최근 세토 나이카이 각지에서 방어·김 등을 중심으로 하는 양식업과 관광업으로의 전환이 현저하다. 북부에는 종래 광업이 성했으나, 광상의 고갈이 현저하다. 한신(阪神)·하리마(播磨) 공업지대에는 철강·식품·기계·수송기계·전기기기·화학등의 공장이 있다. 고베항은 요코하마항(橫濱港)에 버금가는 대무역항이나, 1995년 1월 현의 남부지역에 발생한 지진으로 많은 피해를 입었다.

　세토 나이카이 일부 해안과 북부해안이 국립공원, 효노센산(氷ノ山) 등이 국정공원으로 지정되어 있고, 히메지성(城)을 비롯한 사적과 다카라즈카(寶塚) 온천 등 이름난 온천들이 많다. 한편, 한국과 일본이 공동으로 표준시자오선으로 삼고 있는 동경 135°선이 아카시시(明石市)를 통과한다. 6세기 전후 야마토시대에 세토 나이카이 연안은 중국 송나라 및 한반도, 일본과의 무역 거점이었다. 또 히메지시는 많은 사적이 남아있어 1993년 세계문화유산으로 등록되었다.

*일본의 세계 문화유산 : 히메지성 - 효고현　　1993.12

6) 나라현 [奈良縣, Nara]

위치	일본 혼슈(本州) 기이반도(紀伊半島) 중앙부에 있는 현.
경위도	동경 135°49′58″, 북위 34°41′8″
주도	나라시(奈良市)
면적	3691.09㎢
행정구분	12시15정12촌
꽃	나라야에자쿠라
나무	삼나무
새	울새
인구	약 141만 명

현청소재지는 나라(奈良)이다. 메이지유신 이후 현청 소재지가 되었으며, 오늘날에는 국제적인 관광 도시로 탈바꿈 하였다. 현의 중앙부를 동쪽에서 서쪽으로 흐르는 요시노강(吉野川)에 의해 두 지역으로 나뉜다. 북부는 나라 분지와 주변의 산지·구릉지로 된 지역으로 야마토강(大和川)이 분지의 소하천을 합쳐 서류(西流)한다.

남부는 험준한 산악지대로 오미네(大峯)·다이코(臺高)·오바코(伯母子)의 3산맥이 남북으로 뻗고 산맥 사이를 구마노강(熊野川)의 지류인 타야마강(北山川)·도쓰강(十津川)이 깊은 협곡을 이루면서 남류한다. 기후는 남북차·지역차가 크다. 나라 분지는 강수량이 적고 한서의 차가 크며, 동부의 구릉지는 냉량습윤하다. 남부 산지는 비가 많은 고산성 기후를 보인다.

나라 문화의 번성은 우리 민족과 연관성이 깊다. 삼국시대부터 통일신라시대에 걸쳐 우리 민족은 그들에게 한자·유학·불교·미술

등 문화를 전수(傳授)하고, 또 생활용품 제조기술, 관개용저수지,
축조기술 등을 가르쳐서 그들의 문화개발에 공헌을 했다. 일본 역
사에서 나라시대(奈良時代)라고 부르는 그 시기에 가장 유대가 깊었
던 것은 백제이다. 오늘날에도 구다라(百濟)·와니(和爾 : 王仁의 音譯),
구다라사지(百濟寺址) 등의 유적 및 지명이 남아 있다.   1972년 발
굴된 타카마쓰총고분(高松塚古墳) 석실 안에서는 백제의 영향을 받
은 인물, 복장, 동물 등의 벽화가 선명하게 보존되어 있다.

　현의 경제 기반이 되는 산업은 농업과 관광업이다. 나라 분지
는 단위 면적당 수확량이 높은 쌀 생산지이다. 야마토(大和) 수박
의 특산지로 알려져 왔으나, 오늘날에는 재배작물이 채소·딸기·
화훼 및 차·과일 등으로 바뀌어가고 있다. 공업은 야마토코리야
마시(大和郡山市)의 약전기기(弱電機器) 공업 외에 목재공업과 섬유
공업이 성하다.

*일본의 세계 문화유산 : 호류사 지역의 불교 기념물군 - 나라현　　1993.12
고도 나라의 문화재 - 나라현　　1998.12

7) 와카야마현 [和歌山縣, Wakayama]

위치　　　　일본 혼슈(本州) 남서부, 기이반도(紀伊半島) 남서단에
　　　　　　있는 현.
경위도　　　동경 135°10′6″, 북위 34°13′33″
주도　　　　와카야마시(和歌山市)
면적　　　　4726.28㎢
행정구분　　9시20정1촌
꽃　　　　　매화
나무　　　　우바메가시

새   동박새
인구   약 102만 명

현청소재지는 와카야마시이다. 현역(縣域)의 대부분이 기이산
지의 산간지대이다. 북쪽 경계를 이즈미산맥(和泉山脈)이 동서로
뻗어 있고, 그 남쪽의 구조선을 따라 기노카와강(紀ノ川)이 서류하
여 유역에 와카야마 평야를 형성한다. 기이산지에서 아리다강(有
田川)·히다카강(日高川)·구마노강(熊野川) 등 여러 하천이 각 방향으
로 흘러내리나 모두 하구부를 제외하고는 유역평야의 발달이 없
다. 기이 수도에 면하는 서부의 해안은 리아스식 해안을 이루고,
태평양쪽 해안에 시오노미사키곶(潮ノ岬)이 돌출해 있다. 남부는
연안을 북동류하는 쿠로시오(黑潮) 해류의 영향으로 온난다우한
해양성 기후를 보이고, 북부는 세토나이카이(瀨戶內海) 연안의 기
후 특색을 보여 비교적 강수량이 적다.

한편, 해안부와 내륙부 간에는 기온차가 심하다. 논은 기노강
유역에 집중되어 있고, 과수재배는 기노강 유역의 감·밀감·복숭
아, 아리다강 유역에서 해안에 걸친 지역의 밀감, 미나베강(南部
川) 유역의 매실(梅實) 등이 유명하다. 그 밖에 무·양파·완두·수
박·꽃 등 원예작물이 많이 재배된다. 산림률이 높아 종래 목재생
산이 많았으나 근래 생산이 줄어 수요를 수입에 의존하고 있으
며, 구마노 지방에서는 표고버섯 재배가 성하다. 수산업은 어항
이 많아 연·근해 어업이 성하고, 다나베만(田邊灣)·구시모토만(串
本灣)에서는 방어·도미의 양식업이 성하다.

공업은 와카야마시의 철강·화학, 가이난시(海南市)의 정유·전
력, 아리다시(有田市)에서 시모쓰정(下津町)에 걸친 정유공업 등이

활기를 띠고 있다. 전통의 재래공업으로는 하시모토(橋本)의 낚싯대, 가이난의 칠기(漆器)·종려제품(棕櫚製品), 다나베(田邊)의 조개단추 등이 알려져 있다. 구마노강 유역은 국립공원으로 지정된 관광지이고, 고야산(高野山)에는 많은 사찰이 자리잡고 있어 국정공원으로 지정되어 있다. 그 밖에 세토나이카이국립공원에 속하는 와카우라(和歌浦) 등 해안경승지와 시라하마 온천(白濱溫泉) 등이 있다.

*일본의 세계 문화유산 : 기이산지의 세 곳의 영지와 그를 잇는 참배도
- 와카야마현, 나라현, 미에현   2004.7

06. 쥬고쿠 (5개 현 구성)

1) 돗토리현 [鳥取縣, Tottori]

위치   일본 혼슈(本州) 남서부 동해(東海)에 면하는 현.

기후   겨울에 강수량이 많고 봄에 푄현상이 나타나는 것이
            특색이다.

경위도   동경 134°14′17″, 북위 35°30′13″

주도   돗토리시(鳥取市)

면적   3507.26㎢

행정구분   4시14정1촌

꽃   니쥬세이키나시

나무   눈주목

새   원앙

인구   약 60만 명

현청소재지는 돗토리이다. 남쪽의 현계(縣界)를 주고쿠(中國) 산지가 동서로 뻗고, 그 북쪽을 화산대가 병주(並走)하면서 화산을 분출시키기 때문에 해안부의 평야는 동쪽에서부터 돗토리·구라요시(倉吉)·요나고(米子)의 3개 평야로 분리되어 있다. 주고쿠 산지는 고생대의 변성암과 중생대의 화강암이 주체를 이루어, 고위평탄면 및 잔구군(殘丘群)이 발달한 산지로 곳곳에 고개가 있다. 현내의 최고봉인 다이센산(大仙山, 1,711m)과 동쪽 현계의 오기노센산(扇ノ山)을 잇는 선상에 많은 온천군(溫泉群)을 수반하는 화산지형이 발달되어 있다. 북류하는 센다이강(千代川)·텐진강(天神川)·히노강(日野川) 등은 유역에 퇴적평야를 형성하고, 해안에는 석호와 대규모 사구(砂丘)가 발달되어 있다.

현의 주산업은 농업이며, 공업화가 뒤져 있다. 경사지를 이용한 과수원이 많은데, 대부분 이십세기종(二十世紀種)의 배를 재배하여 생산량은 전국 제일이다. 주고쿠 산지에서는 고기소 송아지의 생산·육성이 성하며, 이 곳의 고기소는 인파쿠소(因伯牛)라는 이름으로 알려져 있다. 오키제도(隱岐諸島) 주변 해역은 일본 연해에서는 가장 폭이 넓은 대륙붕이 발달하고, 또 쓰시마(對馬) 해류와 리만 해류가 교차하는 해역이어서 좋은 어장을 이룬다. 사카이미나토(境港)·아지로(網代)·가로(賀露) 등의 어항을 중심으로 전갱이·고등어·가자미 및 명산(名産) 왕부채게를 잡는다.

서부 산지의 니치난죠(日南町)에는 크롬철광석 광산, 중남부 산

지의 닌교고개(人形峠) 등지에는 일본 제일의 퇴적형 우라늄 광상
이 위치한다. 제2차 세계대전 후 각지에 펄프·철·식품·방적·금속
기계·전기기기·목공 등이 일어났으나 전반적으로 공업의 발달은
저조하다. 화산·산악·계곡·해식(海蝕) 해안·동서 16km, 남북 2km의
거대한 사구해안 등 자연경관이 다채로워 2곳의 국립공원 외에
국정공원·현립공원이 있고 온천이 많다. 따라서 관광사업에 무
게를 두고 있다. 1995년 정부가 승인한 수입촉진지역계획에 따
라 한·중·러 등 동해와 접한 국가들을 중심으로 국제무역의 거점
을 만들기 위해 항만·공항 등 정비가 추진 중에 있다. 에도(江戶)
시대 조선통신사의 왕래가 잦았던 곳이다.

2) 시마네현 [島根縣, Shimane]

위치　　　　일본 혼슈(本州) 남서부에 있는 현.
면적　　　　6,707.26㎢
인구　　　　약 77만 명

　현청 소재지는 마쓰에시(松江市)이다. 주고쿠(中國) 산지가 해
안에 접해 있어 평지가 적다. 주고쿠 산지는 남쪽에서 해발고도
1,200~1,300m의 봉우리를 일으켜 분수령을 이루며, 북쪽으로 경
사져 곳곳에 분지상의 저지·곡저평야를 펼쳐 놓는다. 해안선은
전반적으로 단조로우나 동부에 해식지형을 보이는 시마네 반도
가 돌출하여 남쪽의 지구대(地溝帶)에 신지호(宍道湖)·나카우미석
호(中海潟湖) 및 이즈모(出雲) 평야를 안고 있다. 하천은 고가와강
(江川) 외에는 일반적으로 짧고 흐름이 빠르다. 기후는 북서계절
풍의 영향을 받아 겨울에 눈이 많고 특히 흐린 날씨가 많다. 하마

다시(濱田市)의 연평균기온은 14.9℃, 연강수량은 1,702mm이다.

농업은 벼농사 중심이나 농경지가 적어 영세농이 많다. 벼농사 중심지는 이즈모 평야이고 기타 산간분지, 하천 하류의 작은 평야에 논이 발달하였다. 과수재배가 비교적 성하여 하마다시의 포도, 야스기시(安來市)의 배 등이 유명하다. 어업은 연안어업의 부진으로 근해어업의 비중이 높다. 공업은 야스기의 금속, 이즈모·마스다(益田)의 방직, 고쓰(江津)의 펄프, 하마다의 수산가공 등이 손꼽힌다. 시마네 반도와 그 앞바다의 오키제도(隱岐諸島)는 국립공원으로 지정되어 있고, 각처에 온천이 많다.

3) 오카야마현 [岡山縣, Okayama]

위치	일본 혼슈(本州) 서부, 세토나이카이(瀬戸內海)에 면한 현.
기후	전반적으로 온난한 세토나이카이 연안의 기후특색을 보인다.
경위도	동경 133°56′2″, 북위 34°39′42″
주도	오카야마시(岡山市)
면적	7113.2㎢
행정구분	15시10정2촌
꽃	복숭아꽃
나무	적송
새	꿩
인구	약 200만 명

일본 혼슈 서부에 위치한 현으로 세토 내해에 인접해 있다. 현청소재지는 오카야마이다. 예로부터 세토나이카이 항로와 육로

교통이 도쿄(東京)와 규슈(本州)를 잇는 중요한 위치을 차지하여
문화 산업이 일찍 발달하였다. 북쪽 경계에 주코쿠(中國)산지가
가로놓이고, 그 남쪽에 쓰야마(津山)·가쓰야마(勝山)·니미(新見) 등
의 분지가 배열되어 있다. 중부에는 해발고도 400~600m의 기비
고원(吉備高原)이 펼쳐지고, 남부 중앙에는 다카하시강(高梁川)·아
사히카와강(旭川)·요시이강(吉井川)의 충적작용과 16세기 이래의
간척(干拓)에 의해 형성된 오카야마 평야가 있다. 해안선은 굴곡
이 심하며, 고지마 반도(小島半島)가 돌출하여 고지마만(灣)을 안고
있고, 해상에는 작은 섬들이 많다.

　농업은 일찍부터 동력 경운기 등에 의한 기계화가 진척되었으
며, 농산물은 남부의 간척지를 중심으로 한 쌀·골풀, 오카야마 평
야 북부의 쌀·포도·복숭아, 기비고원의 잎담배 등 다양하다. 또
감·배·제충국(除蟲菊) 등 특산물도 있다. 산간부에서는 육우·젖소
의 사육이 성하다.

　수산업은 어로가 쇠퇴한 반면, 진주조개·굴·꼬막·김 등의 천해
양식업이 활발하다. 지하자원으로는 일본 제1의 황화(黃化) 철광
인 야나하라철광(柵原鐵鑛) 외에 기비고원 북부의 석회석, 미쓰이
시(三石)의 납석, 닌교고개(人形峠)의 우라늄광 등이 있다. 공업은
구라시키시(倉敷市) 임해지구의 석유·석유화학·철강·자동차 및
다마노시(玉野市)의 조선 공업 등이 중요하고, 구라시키·이바라(井
原)에서는 중소기업에 의한 직조업이 활발하다. 또 내륙부의 오
카야마시·소자시(總社市)에서는 금속·기계공업, 쓰야마시(津山市)
에서는 전자기기공업이 이루어진다. 전통공업으로는 다다미겉돗
자리·꽃돗자리·비젠도자기(備前燒) 등이 있다.

　다마노시의 우노항(宇野港)과 시코쿠(四國)의 다카마쓰항(高松港)

사이에 철도교통을 연결하는 연락선이 취항하고 있다. 세토나이카이 국립공원에 속하는 와시우산(鷲羽山), 유노고(湯鄕)·오쿠쓰(奧津)·유바라(湯原) 등의 온천과 일본 3대정원(三名園)의 하나로 꼽히는 오카야마시의 고라쿠엔(後樂園) 등 관광자원이 풍부하다. 세토나이카이 중부지역 항구도시 구라시키의 우시마(牛窓)도에는 에도(江戶)시대 조선통신사를 환영하던 전통행사를 매년 4월 4째 일요일에 거행하고, 인근 가이유(海遊)문화회관에는 통신사들이 전한 문화의 흔적들이 보관되어 있다.

4) 히로시마현 [廣島縣, Hiroshima]

위치　　　일본 혼슈(本州) 남서부 세토나이카이(瀨戶內海)에 면한 현.
기후　　　계절풍의 영향을 받지 않는 세토나이카이 연안기후
　　　　　의 특색을 보이며 온난과우이다.
경위도　　동경 132°27′34″, 북위 34°23′48″
주도　　　히로시마시(廣島市)
면적　　　8479.03㎢
행정구분　14시9정
꽃　　　　단풍
나무　　　단풍나무
새　　　　아비
인구　　　약 290만 명

현청소재지는 히로시마시이다. 북부의 척량산지인 주고쿠(中國)산지, 중부의 기비고원(吉備高原)과 작은 분지군, 남부의 세토나이카이 연안평지와 도서부(島嶼部)를 포함하는데, 산지가 넓은 면적

을 차지한다. 하천은 고가와강(江川)이 동해(東海)로 흐르고, 오타강(太田川)·누타강(沼田川)·아시다강(蘆田川) 등이 모두 세토나이카이로 흘러들어 하류에서 소평야를 형성한다. 굴곡이 심한 리아스식 해안을 이루고, 해상에는 미야지마섬(宮島) 등 많은 섬들이 산재한다.

경지면적이 좁아 농업은 대체로 영세하고 부진하며, 일찍부터 감귤류·제충국·골풀·구약나물 등 상품작물을 많이 재배하여 왔다. 감귤류는 도서부, 구약나물은 기비고원, 골풀은 동부의 빙고(備後) 지방 남동부에서 많이 재배된다. 그 밖에 기비고원에서 잎담배·밤 등의 산출이 많고 히로시마시 등 도시 근교에서는 채소 재배가 성하다. 주고쿠산지에서는 예로부터 육우 사육이 성하고, 임업은 부진하나 송이버섯이 특산물이다. 수산업은 히로시마만(灣)의 굴 및 해안 일대의 김 양식이 주가 되고 그밖의 연안어업이 영위되나 영세하다.

메이지 이후·해군의 군사시설이 많이 자리잡아 군수산업 중심의 공업이 발전했으나 제2차 세계대전 말기 미군의 폭격과 원자폭탄 투하로 큰 타격을 입었다. 근대공업은 히로시마에 자동차·조선·각종 기계·가구, 군항인 구레에조선·기계·펄프, 오타케(大竹)에 석유화학·제지·펄프, 후쿠야마(福山)에 철강·전기기계·고무·화학, 미하라(三原)에 섬유·차량·시멘트, 오노미치(尾道)·인노시마(因島)에 조선 등의 공업이 발달되어 있다.

또한 전통공업도 활발하여 오타케의 종이, 히로시마의 재봉바늘, 구마노(熊野)의 모필, 구레의 숫돌·줄칼, 후

히로시마성

쿠야마의 게다, 빈고(備後) 지방의 무늬직물·다다미 겉돗자리 등
의 산출이 많다. 앞바다의 여러 섬들과 해안에는 세토나이카이국
립공원에 포함된 경승지가 많고, 특히 미야지마섬은 일본 3경의
하나로 꼽힌다.

*일본의 세계 문화유산 : 이쓰쿠시마신사 - 히로시마현　　1996.12

원폭돔 - 히로시마현　　1996.12

5) 야마구치현 [山口縣, Yamaguchi]

위치　　　　　일본 혼슈(本州) 남서부에 있는 현.

경위도　　　　동경 131°28′13″, 북위 34°11′11″

주도　　　　　야마구치시(山口市)

면적　　　　　6112.73㎢

행정구분　　　13시9정

꽃　　　　　　여름밀감

나무　　　　　소나무

새　　　　　　흑두루미

인구　　　　　약 150만 명

　현청 소재지는 야마구치시이다. 고대부터 중국과 한반도를 잇
는 해륙교통의 요충지로 선진문화의 창구가 됐다. 주고쿠산지(中
國山地)의 서쪽 끝을 차지하는 지역으로, 동부에 해발고도 1,000m
를 넘는 산지가 있을 뿐, 대부분의 지역이 해발고도 500m 전후의
구릉성 산지이다. 니시키가와강(錦川)·후시노강(淑野川)·고토강(厚
東川) 등이 흐르며, 야마구치분지·이와쿠니(岩國)평야를 제외하고
는 평지도 모두 규모가 작다.

침강해안이 발달하여 동해(東海:)·세토나이카이(瀨戶內海) 연안에 섬들이 많다. 산업은 공업이 주축이 되며, 농업은 영세하여 겸업 농가가 많다. 쌀·보리 외에 고구마·감자가 많이 생산되고, 하기(萩)·오시마(大島)의 감귤류재배가 유명하다. 아키요시대지(秋吉臺地)·아부고원(阿武高原)의 목장에서는 육우·젖소를 사육한다. 일본 유수의 수산현(水産縣)으로, 시모노세키항(港)을 중심으로 한 원양·근해 어업이 성하다. 광업은 전국 제1의 무연탄광인 오미네(大嶺) 탄광의 폐쇄 등으로 현재는 아키요시대지를 중심으로 한 석회석·대리석 산출이 주가 되고 있다.

주요 공업지대는 세토나이카이 연안에 집중되어 있으며, 화학·석유·철강을 주축으로 한 중화학공업의 비중이 전국적으로 높다. 세토나이카이 연안을 따라 달리는 산요(山陽) 철도와 국도(國道), 동해 연안을 따라 달리는 산인(山陰) 철도와 국도 등 간선교통로가 시모노세키에 집중되고, 그들 간선교통로는 간몬(關門) 해저터널 및 간몬교(關門橋)를 통해 규슈(九州)로 이어진다. 세토나이카이와 동해 연안, 석회암 동굴 등 카르스트 지형이 발달한 아키요시대지 등지는 국립·국정공원으로 지정되어 있고, 또 현내에 사적(史蹟)과 온천이 많다.

07. 시코쿠 (4개 현으로 구성되어 있다)

1) 도쿠시마현 [德島縣 Tokushima]

위치　　　일본 시코쿠(四國) 동부에 있는 현.

기후　　　일반적으로 온난하다. 세토나이카이에 면한 북부는

강수량이 적고, 태평양에 면한 남부는 기온이 높고
강수량도 많다.

경위도	동경 134°33′33″, 북위 34°3′58″
주도	도쿠시마시
면적	4145.9㎢
행정구분	8시15정1촌
꽃	스다치
나무	속나무
새	백로
인구	약 80만 명

현청소재지는 도쿠시마시이
다. 북쪽·서쪽·남쪽이 산지이고,
동부의 요시노강(吉野川) 유역 및
남부 해안의 가쓰우라강(勝浦川)·
나카강(那賀川) 하류에 평야가 있
다. 현의 거의 중앙에 쓰루기산
(劍山, 1,955m)을 주봉으로 하는
쓰루기 산지가 동서로 뻗어 있
다. 현 북동단의 마고자키곶(孫崎串)과 대안(對岸)의 아와지섬(淡路
島)의 도자키곶(門崎串) 사이의 폭 1,350m의 나루토해협(鳴門海峽)
은 조수간만 때 급조류(急潮流)로 유명한 해협이다.

다치바나만(橘灣) 내의 벤텐섬(辨天島)에는 작용(雀榕) 등 열대성
식물의 군락이 자생한다. 주요 산업은 농림업이다. 농경지의 반

이상이 논이어서 각 하천하류의 평야를 중심으로 벼농사가 활발하고, 자연제방 등 높은 지대에서는 지하수의 전력양수(電力揚水)에 의한 개답(開畓)이 많다. 아난시(阿南市) 남쪽의 송이버섯, 요시노강(吉野川) 남안 산지사면의 잎담배 재배는 예로부터 유명하다. 임야면적이 넓고 나카강(那賀川) 중·상류 유역에서는 기토(木頭) 등지를 중심으로 삼나무숲이 울창하다. 수산업은 다치바나만을 경계로 북부에서는 근해어업이 중심이 되어, 예로부터 나루토 해협의 미역채취와 도미잡이가 유명하다.

근대공업은 도쿠시마시를 중심으로 한 화학공업과 고마쓰시마(小松島)·아난(阿南)의 제지공업이 주된 것이며 전체적으로 발달이 뒤져 있다. 수산가공·식품공업, 제재·목제품 등 공업은 각지에 발달되어 있다. 나루토 해협 일대는 세토나이카이 국립공원에 포함되어 있는데, 조수간만 때의 급조류·와류(渦流) 등이 관광대상이 되어 있다. 또 암석해안의 해안경관과 아열대 식물군락 등을 관광요소로 하는 무로토아난(室戶阿南) 해안국정공원 등이 있다.

2) 가가와현 [香川縣, Kagawa]

위치　　　일본 시코쿠(四國) 북동부 세토나이카이(瀨戶內海)에 면한 현.

기후　　　온난하고 강수량이 적은 세토나이카이식 기후 특색을 보인다.

경위도　　동경 13°58′18″, 북위 34°17′24″

주도　　　다카마쓰시(高松市)

면적　　　1876㎢

행정구분　8시9정

나무   올리브
새   두견새
인구   약 102만 명

현청소재지는 다카마쓰(高松)이다. 1910년 세토나이카이 건너
쪽 해안의 우노항(宇野港)과 연결되며 시코쿠의 문호겸 중심도시
가 되었다. 그 후 1988년 세도대교가 개통되며 비약적인 발전을
한다. 세토나이카이 쪽에 돌출된 반달 모양의 반도부와 100여 개
의 주변 도서를 포함하며, 남고북저(南高北低)의 지형을 이룬다. 남
쪽의 사누키산맥(讚岐山脈)은 해발고도 800~1,000m의 장년기 단
층산맥으로, 도쿠시마현(德島縣)과의 경계를 이루고, 그 북쪽에 화
강암대지와 낮은 홍적대지, 충적층으로 이루어진 사누키평야가
연속적으로 펼쳐져 있으며, 고토강(香東川)·도키강(土器川)·사이타
강(財田川) 등의 천정천이 흐른다.

주요 산업인 농업은 집약적 다모작으로 토지 생산성을 높여 경
지이용률이 전국적으로 높다. 양상추·양파 등의 채소류와 복숭
아·감귤·포도 등의 과일 및 잎담배 생산이 많고, 젖소·비육우의
사육도 활발하다. 연안 어족의 감소로 원양어업으로 전향하여 연
어·송어·꽁치·전갱이·고등어 등을 어획하고, 연안에서는 방어·
참새우·굴·대합·김 등의 양식업이 이루어진다. 근대 공업의 발달
이 뒤졌으나 근래 사카이데(坂出)에 임해공업단지를 조성하여 조
선업 중심의 중화학공업을 유치하였다.

3) 에히메현 [愛媛縣, Ehime]

위치   일본 시코쿠(四國) 북서부에 있는 현.

경위도   동경 132°45′59″, 북위 33°50′30″
주도   마쓰야마시(松山市)
면적   5677.55㎢
행정구분   11시9정
꽃   귤꽃
나무   소나무
새   コマドリ
인구   약 146만 명

　현청소재지는 마쓰야마시(松山市)이다. 마쓰야마시의 남쪽 지역은 시코쿠 산지의 서부를 차지하여 전체적으로 험준한 산간지대를 이루며, 중앙부에 시코쿠의 최고봉 이시즈치산(石鎚山, 1,981m)이 있고, 그 남서쪽에 카르스트 고원인 오노가하라(大野ヶ原)가 있다. 세토나이카이(瀨戶內海)와 우와해(宇和)에 산재해 있는 섬들이 현에 속한다. 세토나이카이에 면하는 북쪽 지역은 높은 산이 거의 없고, 구조선(構造線) 및 해안을 따라 작은 평야들이 전개된다. 평야를 흐르는 강은 대개 수량이 적은 황천(荒川)이거나 천정천(天井川)이다. 농업은 과수재배가 많은 것이 특색인데, 마쓰야마시 부근의 구릉지, 우와해(宇和海) 연안을 중심으로 한 감귤류 재배는 일본 제1이며, 그 밖에 감·복숭아·배·비파·밤·고구마·옥수수 등을 재배한다. 어업은 진주조개·방어 양식이 활발하여 진주생산은 일본 제1위를 차지하고 있다. 우와해 연안의 야하타하마(八幡濱)를 중심으로 정어리·전갱이의 어획이 많다. 가와노에(川之江)·이요미시마(伊豫三島)의 제지·펄프, 니하마의 금속·기계·화학, 사이조·뉴우가와(壬生川)의 화학섬유, 이마바리의 타월·조선, 마쓰야마의 정유·화학

섬유 등 세토나이카이 연안부를 중심으로 공업이 발달하였다. 세토나이카이·우와해 해안 일부와 이시즈치산 일대는 국립공원으로 지정되었다. 마쓰야마시에 있는 도고온천(道後溫泉)은 일본에서 가장 오래된 온천으로 유명하고, 성터·사찰·신사(神社) 등도 많다.

4)고치현 [高知縣, Kochi]

위치	일본 시코쿠(四國) 남부에 있는 현.
기후	온난다우하며 연평균기온 12~18℃이다.
경위도	동경 133°31′51″, 북위 33°33′36″
주도	고치시(高知市)
면적	7105.04㎢
행정구분	11시18정6촌
꽃	소귀나무(ヤマモモ)
나무	야나세스기(ヤナセスギ)
새	팔색조(ヤイロチョウ)
인구	약 81만 명

현청 소재지는 고치현 고치시(高知市)이다. 산지가 현의 약 80%에 달하는 지역에 펼쳐지고, 중앙부를 니요도강(仁淀川), 서부를 시만토강(四萬十川)이 흐르나 넓은 평야는 없다. 무로토곶과 아시즈리곶 부근은 준무상지(準無霜地)로 아열대식물이 무성하다. 현의 경제기반이 되는 산업은 농림수산업이고, 주민의 소득수준은 다른 지방에 비해 낮다.

산지가 많아 경지율은 8%에 불과하고 에도시대(江戶時代)부터 쌀의 2기작을 해온 곳으로 알려져 있으나, 근래에는 고치평야의 동부를 제외하고는 채소류의 그루갈이로 바뀌어 가고 있다. 산림면적이 총면적의 80%를 차지하며 특히 삼나무·편백나무의 용재 생산이 유명하다. 어업은 원양어업으로 다랑어·가다랭이 등을 어획하며, 무로쓰(室津)·쓰로(津呂)·도사시미즈(土佐淸水) 등이 그 기지가 되고 있다. 공업은 현지의 자원을 이용한 제재·목제품·식료품 등 공업이 각지에 산재하고, 재래공업으로 와시(和紙)제조가 알려져 있다. 수력자원이 풍부하여 가가미가와강(鏡川)·요시노강에 다목적 댐이 건설되었다. 철도의 발달이 미약하여 전체적으로 버스 의존도가 높고, 무로토곶·아시즈리곶을 중심으로 하는 해안과 이시쓰치산(石鎚山, 1982m)·쓰루기야마산(劍山, 1955m)을 중심으로 하는 산지가 국정공원으로 지정되어 경승지가 많다.

08. 규슈 (8개 현 구성)

1) 후쿠오카현 [福岡縣, Fukuoka]

위치	일본 규슈(九州) 북부의 현.
기후	대체로 온난하며 강수량의 대부분은 장마철과 태풍 때에 집중적으로 내린다.
경위도	동경 130°25′6″, 북위 33°36′25″
꽃	매화
나무	철쭉
면적	4976.59㎢
새	휘파람새

주도　　　후쿠오카시(福岡市)

행정구분　28시34정4촌

현청소재지는 후쿠오카(福岡)이다. 북쪽으로 간몬(關門)해협을 끼고 혼슈(本州)와 대하면서 쓰시마(對馬)해협·세토나이카이(瀨戶內海)에 면하고, 남쪽으로 아리아케해(有明海)에 면한다.

쓰쿠시(筑紫) 산지가 넓게 분포하며, 온가강(遠賀川) 유역의 노가타(直方) 평야·하카타만(博多灣) 연안의 후쿠오카 평야, 지쿠고강(筑後川) 유역의 지쿠고 평야 등이 있고, 아리아케해 연안에는 간척지가 넓다. 해안선은 대한해협 쪽의 겐카이나다(玄海灘) 연안에 섬·반도·곶(串) 등이 많고, 세토나이카이·아리아케해 연안은 단조롭다.

현의 주산업은 기타큐슈(北九州)공업지대를 중심으로 한 공업이다. 농업은 지쿠고 평야를 중심으로 하는 벼농사 외에 밀감·골풀 재배와 양계가 유명하다. 채소·꽃·포도의 재배, 낙농 등도 비교적 활발하고, 특산물로는 야메(八女)의 차, 구루메(久留米)의 철쭉 등이 있다. 임업으로는 동부 산지에서 삼나무가 많이 난다. 하카타·도바타(戶畑)를 기지로 하여 동중국해로 출어하는 저인망·트롤어업 및 아리아케해에서의 김 양식이 성하여 대표적인 수산현이 되고 있다. 북부에서 석회석이 산출된다. 기타큐슈시(市)를 중심으로 한 기타큐슈공업지대는 일본 4대 공업지대의 하나이다.

주요공업은 기타큐슈시의 철강·화학·유리·시멘트·금속·식품·기계, 구루메의 고무, 오무타(大牟田)의 화학·비철금속, 후쿠오카의 식품·인쇄출판 등이다. 재래공업으로는 후쿠오카의 하카타오리(博多織), 구루메의 구루메가스리(久留米絣, 무늬 染織), 오카와(大川)의 가구 등이 유명하다. 간몬(關門) 해저터널·간몬교(橋) 등으로 혼슈와 연결되는 교통의 요지를 차지하며, 후쿠오카에 국제공항이 있어 한국과도 항공로가 열려 있다. 간몬해협은 국립공원, 겐카이나다 연안은 국정공원으로 지정되어 경승지를 이룬다.

2) 사가현 [佐賀縣, Saga]

위치   일본 규슈(九州) 북서부에 있는 현.

기후   전반적으로 온난다우이다. 강수량이 일정하지 않으며 한해와 수해를 자주 일으킨다.

경위도   동경 130°17′55″, 북위 33°14′59″

꽃   녹나무꽃

나무   녹나무

면적   2439.58㎢

새   까치

주도   사가시(佐賀市)

행정구분   10시10정

현청소재지는 사가시(佐賀市)이다. 7시(市)·37정(町)·5촌(村)으로 이루어져 있다. 북쪽으로 겐카이나다(玄海灘), 남쪽으로 아리아케해(有明海)에 면하며, 지형적으로 북부의 세부리(背振) 산지, 남부의 사가 평야, 서부의 구릉지 및 다라(多良) 산지 등으로 나뉜다.

세부리 산지는 겐카이나다 사면과 아리아케해 사면의 분수계를 이루고, 사가 평야는 지쿠고강(筑後川)·가세강(嘉瀬川)·록카쿠강(六角川) 등이 형성하는 충적평야로, 아리아케해 연안에는 광대한 간척지가 조성되어 있다. 서부의 구릉지에는 현무암의 분출로 이루어진 봉우리와 대지(臺地)가 뒤섞이고, 개석(開析)작용으로 된 화산으로 경사가 완만한 산자락을 넓게 펼쳐놓고 있다.

주산업은 농업이며, 관개수로망이 발달한 사가 평야는 단위면적당 수확량이 많은 벼농사지대로 알려져 있다. 근래 쌀 위주의 농업에서 탈피하여 감귤·채소 재배 및 가축사육이 성행하고 있다. 그 밖에 특산물로 우레시노(嬉野)의 차 및 잎담배·마늘 등이 산출되며, 재래공업으로 이마리(伊万里)의 아리타(有田) 도자기가 유명하다. 아리타 도자기는 임진왜란(1592~1598)때 한반도에서 끌려간 이참평(李參平)이 아리타에서 백자광을 발견, 일본 최초로 가마를 만들어 도자기를 굽기 시작했다. 이 도자기는 당시 네덜란드의 동인도회사와 중국상인을 통해 이슬람권과 유럽에 대량으로 수출돼 일본 특유의 도자기로서 인기가 있었으며 이후 도자기 산업의 최성기를 맞게 되었다. 사가현은 우리나라 백제와 인연이 깊은 곳으로 백제 오경박사들이 이곳을 방문하여 백제의 문물을 전하기도 하였다. 또한 사가현 가라츠시 가카라시마(加唐島)는 백제 무령왕의 탄생지로 알려져 있다.

3) 나가사키현 [長崎縣, Nagasaki]

위치　　　　일본 규슈(九州) 북서부에 있는 현.
경위도　　　동경 129°52′22″, 북위 32°44′41″
주도　　　　나가사키시(長崎市)

면적	4095.55㎢
행정구분	13시10정
꽃	운젠철쭉
나무	동백
새	원앙
인구	약 146만 명

현청소재지는 나가사키(長崎)이다. 8시(市) 70정(町) 1촌(村)으로 이루어져 있다. 해안선의 굴곡이 심한 반도부와 이키(壹岐)·쓰시마(對馬) 및 고토열도(五島列島)의 여러 섬들로 구성되며, 섬 면적이 총면적의 45%를 차지한다. 본토의 중앙부는 지반의 함몰로 오무라만(大村灣)이 형성되고, 남부의 시마바라반도(島原半島)에는 해발고도 1,359m의 운젠산(雲仙岳)을 주봉으로 하는 화산군(火山群)이 있다. 지형은 저산성 산지가 탁월하여 평지가 적고, 큰 하천도 없다.

전체적으로 온화한 해양성 기후를 이루며, 나가사키시의 연평균 기온은 16.6℃, 강수량은 1,976mm이다. 이 지방 농업은 평지가 적어 쌀의 자급이 불가능하고, 계단식 경작으로 고구마·감자·밀감이 재배되며, 특히 밀감 재배는 유명하다. 수산업은 나가사키항을 기지로 동중국해·황해에 출어하여 갯장어·조기·전갱이·고등어를, 근해에서 오징어와 방어를 잡고, 또 연해에서는 진주조개·김의 양식이 성하여 일본 굴지의 수산현(水産縣)을 이룬다.

4) 구마모토현 [熊本縣, Kumamoto]

| 위치 | 일본 규슈(九州) 중서부에 있는 현. |
| 기후 | 일반적으로 온난하며 장마철에는 북부에, 태풍 때는 |

남부에 호우가 내려 홍수를 일으키는 일이 많다.

경위도 　　동경 130°44′29″, 북위 32°47′24″

주도 　　　구마모토시(熊本市)

면적 　　　7403.68㎢

행정구분 　14시26정8촌

꽃 　　　　용담

나무 　　　녹나무

새 　　　　종달새

인구 　　　약 183만 명

현청소재지는 구마모토시이다. 북쪽·동쪽·남쪽이 산지로 둘러싸이고, 중앙부에 구마모토 평야가 펼쳐진다. 서쪽에 우토반도(宇土半島)가 돌출하여 아리아케해(有明海)와 야쓰시로해(八代海)를 분리하고, 남서쪽으로 아마쿠사제도(天草諸島)가 이어진다. 북동부에는 대규모의 칼데라를 가지는 유명한 아소산(阿蘇山)의 화산지형이 펼쳐진다. 기쿠치강(菊池川)·시라카와강(白川)·미도리가와강(綠川)·구마강(球磨川) 등이 서류하여 구마모토 평야·야쓰시로 평야를 이루고 아리아케해·야쓰시로해로 흘러든다.

산업은 농축산업이 주종을 이루며 야쓰시로 평야의 골풀재배는 일본에서 제1위이다. 그 밖에 밀감재배가 이루어지고 있는데, 특히 다노우라(田浦)의 밀감이 유명하다. 목축은 아소산 기슭의 광대한 목야지에서 소의 사육이 성하고, 낙농도 활발하다. 공업은 농림수산물·석회석과 관련된 식품·화학·종이펄프·목재·시멘트·비료·화학섬유 등이 활발하다.

국립공원으로 지정된 아마쿠사제도와 아소산 일원은 화산·산

악·계곡·해안의 경승지가 다채롭고, 온천도 많다. 구마모토성
(城)은 임진왜란 때 선봉장으로 한국을 침공한 바 있는 가토 기요
마사(加藤淸正)가 축조하였고, 스이젠지(水前寺)공원은 규슈 제1의
명원(名園)으로 꼽힌다. 아마쿠사제도는 일찍이 일본 개국(開國)
전에 그리스도교가 전래되어 교도들의 반란이 있었던 곳이다.

5) 오이타현 [大分縣, Oita]

위치　　　　본 규슈(九州) 북동부에 있는 현.

기후　　　　전반적으로 온난하다.

경위도　　　동경 131°36′45″, 북위 33°14′18″

주도　　　　오이타시(大分市)

면적　　　　6339.34㎢

행정구분　　14시3정1촌

꽃　　　　　분고우메꽃

나무　　　　분고우메

새　　　　　동박새

인구　　　　약 121만 명

주위는 쓰루미산(鶴見山)·다카사키산(高崎山) 등 화산으로 둘러
싸여 있으며, 온천도시로 유명하다. 지형은 오이타강·오노강(大
野川) 등이 형성한 충적평야가 주요부를 이루고, 주변에 해발고도
100m 안팎의 구릉이 둘러싸고 있다. 서쪽에 톨로이데(Tholoide:종
상화산)인 다카사키산(高崎山 : 628m)이 솟아 있다. 세토나이카이(瀬
戸內海) 연안은 비교적 강수량이 적고 내륙의 산악지대는 기온이
대체로 낮으며 강수량이 많다. 또 남쪽의 분고수도(豊後水道) 연안

은 강수량이 많고 기온도 비교적 높다. 벳부(別府)에는 약 2600개 소의 온천이 있어 연간 4,500만명의 관광객이 찾아온다.

주요산업은 농목업이며 그 중 축산의 비율이 높다. 농·축산물은 쌀·귤·소·돼지·잎담배 등이며 그밖에 표고버섯 재배가 성하다. 수산업은 연안어업을 주로 하나 어획량이 적어 김·조개류의 양식에 활로를 찾고 있다. 근대공업은 섬유·시멘트·목재가공 등의 경공업이 주류를 이루었으나, 1961년부터 임해공업지역이 조성되면서 철강·석유·전기(電機)·금속·펄프 제지 등의 대기업이 들어섰다. 쓰쿠미(津久美)의 시멘트 생산량은 전국 1위이다.

또한 1촌1품(1村1品)운동의 발상지로 알려진 '실리콘 아일랜드'의 중심지가 되어 전기관련 공업이 발전하고 있다. 현내에는 아소(阿蘇)·세토나이카이의 2개 국립공원과 3개의 국정공원 및 5개의 현립자연공원이 있으며, 그 면적은 현 전체의 1/3에 가깝다.

6) 미야자키현 [宮崎縣, Miyazaki]

위치　　　규슈(九州) 남동부 태평양에 면한 현.
경위도　　동경 131°25′25″, 북위 31°54′41″
주도　　　미야자키시(宮崎市)
면적　　　7734.78㎢
행정구분　9시18정3촌
꽃　　　　문주란
나무　　　산벚나무
새　　　　코시지로산새
인구　　　약 114만 명

현청소재지는 미야자키시(宮崎)이다. 따뜻한 기후와 아름다운 자연으로 둘러싸인 일본의 대표적 관광현이다. 연평균기온은 17.0℃. 연강수량은 2,435mm로 고온다우(高溫多雨)지역이다.

주요 산업은 밭농사와 축산으로 양돈, 양계는 전국 2위이며, 육우사육은 3위를 차지하고 있다. 밭농사로는 토란과 무는 전국 2.3위를 차지하고 있으며 그 밖에 피망, 고구마, 감자, 차, 담배농사가 성하다. 조선용 삼나무의 생산량은 전국 1위이다.

공업은 식품, 전기, 화학, 음료, 사료, 목제, 목공제품등 경공업이 성하고 소주등 알코올 공업이 유명하다. 미야자키시 주변은 니치난(日南) 해안공원에 속하는 아오지마(青島) 등의 경승지와 남국의 풍광으로 1960년대는 일본최고의 신혼여행지로 선정되었다고 한다.

7) 가고시마현 [鹿兒島縣, Kagoshima]

위치	일본 규슈(九州) 남단에 있는 현.
기후	남국적인 위치 및 쿠로시오해류(黑潮海流)의 영향으로 온난다우
경위도	동경 130°33′27″, 북위 31°33′37″
꽃	가이코우즈(カイコウズ)
나무	녹나무(クスノキ)
면적	9116㎢
새	루리카케스(ルリカケス)
위치	일본 규슈(九州) 남단
인구	1,765,316 명(2006년 기준)
주도	가고시마시(鹿兒島市)

　지형은 규슈의 남부 지역과 사쓰난제도(薩南諸島)의 두 지역으로
구분된다. 규슈의 남부 지역은 중앙부를 기리시마(霧島) 화산대가
남북쪽으로 뻗어 기리시마산·사쿠라지마섬(櫻島)·가이몬산(開聞
岳) 등의 화산이 분출한다. 북부를 서쪽으로 흐르는 센다이강(川內
川)은 현에서 가장 규모가 큰 하천이나 유역평야의 규모가 작다.
사쓰난제도는 고기암층·신기암층·화산암 등으로 이루어져 다양
한 지질과 지형을 보이며, 야쿠섬(屋久島)에는 규슈 지방의 최고봉
인 미야노우라산(宮之浦岳 : 1,935m)이 솟아 있다. 기리시마 지역은
1934년 일본 최초의 국립공원으로 지정되었다.

　현의 경제 기반을 이루는 산업은 농업과 축산으로, 특히 흑돼
지와 흑소가 유명하고 양계 및 고구마 생산은 일본에서 1위를 차
지하고 있다. 채소류의 촉성재배와 고구마·담배·사탕수수·유채
(油菜)·차 등 공예작물(특용작물)과 감귤류·비파나무 등 과수 재배
가 활발하나, 단일작물로는 역시 벼가 가장 많이 재배된다. 공업
은 센다이(川內)의 제지·펄프 공업 외에 녹말·포도당·소주·제당·
목재·목제품 등의 경공업이 중심을 이루며, 중화학공업은 미약한
편이다.

　이 고장의 명물인 사쓰마도자기(薩摩燒)는 임진왜란 때 강제 연
행된 조선인 기술자와 도공들에 의해 만들어진 것이다. 이들은
나에시로강(苗代川)을 중심으로 4개 지역에 흩어져 저마다 특색있
는 도자기를 생산했을 뿐 아니라, 대대로 가업으로 물려받아 뛰
어난 기술을 이어오고 있다. 그밖에도 고려촌(高麗町)·고려교(高麗
橋) 등 당시의 흔적들이 아직도 남아 있다. 컷트 글라스인 사츠마

기리코가 유명하며 그외 오시마 명주로 불리는 비단과 죽제품도
유명하다. 1989년 한국의 전라북도와 자매결연을 맺었다.

*일본의 세계 자연유산 : 야쿠시마 - 가고시마현   1993.12

8) 오키나와현 [沖繩縣, Okinawa]

위치   일본 남서부 최남단
경위도   동경 127°68′11″, 북위 26°21′16″
꽃   데이고(デイゴ)
나무   류큐마쓰(琉球松)
면적   2275.91㎢
새   오키나와딱따구리(ノグチゲラ)
주도   나하시(那覇市)
행정구분   11시 11정 19촌

현청소재지는 나하(那覇)이다. 원래 류큐(琉球)왕국이라는 독립
국이었는데, 1609년에 현재의 가고시마(鹿兒島) 지방을 지배한 영
주(領主) 시마즈씨(島津氏)에 의해 정복되어 일본에 복속되었으며,
메이지유신(明治維新) 후의 1879년에 오키나와현이 되었다. 일본
의 난세이제도(南西諸島) 남부의 류큐제도(琉球諸島)에 속하는 섬들
을 포함하는 현이다. 제2차 세계대전 말기인 1945년에 미군에 의
해 점령되어 그 군정(軍政)하에 들게 되었고, 그 때부터 미군기지
가 되어 왔다. 1952년에 현지 미군사령관이 겸임하는 고등판무
관(高等辦務官) 밑에 주민 자치의 류큐 정부가 세워졌으며, 1972년
에 일본에 복귀하여 본래의 현(縣)이 되었다.
  류큐 제도는 오키나와·사키시마섬(先島)과 다이토(大東)의 3제

도(諸島)로 구성되어 있으며, 그 중 사키시마 제도는 다시 미야코(宮古)·야에야마(八重山)·센카쿠(尖閣)의 3개 제도로 나뉜다. 섬들은 대소 60여 개에 달하는데, 그 중 주도(主島)인 오키나와섬이 총면적의 53%, 총인구의 85%를 차지한다.

섬의 주위에는 해안단구가 잘 발달되어 있고, 연안에는 거초(裾礁)·보초(堡礁) 등의 산호초를 많이 볼 수 있다. 기후는 아열대 계절풍 기후로 용수(榕樹)·소철·파파야 등 열대식물이 무성하고, 여름에는 태풍의 진로가 되어 그 피해가 극심하다.

나하시의 기온은 7월에 28.2℃, 1월에 16.0℃, 연평균 22.3℃이고, 강수량은 전역에서 2,000mm 내외에 달한다. 현의 산업별 소득구조를 보면, 제3차 산업이 70 %로 압도적 비중을 차지하는데, 그것은 미국 군사기지로서의 오키나와의 특수성 때문이다.

농업은 근래 사탕수수의 단일경작으로 기울어져 가고 있고, 그 밖에 파인애플이 이시가키섬(石垣島)과 오키나와섬 북부 등지에서 재배된다. 종래 식량작물로 널리 재배해 온 고구마는 돼지사료로 재배하는 데 그치고, 벼농사도 값싼 미국쌀의 수입으로 해서 쇠퇴되었다. 수산업은 가다랭이·다랑어 어업이 영위되나 부진하고, 미야코섬 근해에서는 산호가 채취된다.

공업은 제당·파인애플 통조림 및 맥주·제분·합판·담배·시멘트 등의 제조가 활발하다. 이리오모테섬(西表島)의 열대식물군락은 국립공원으로, 오키나와섬의 산호초와 아름다운 바다 및 제2차 세계대전의 전적지(戰跡地)는 국가 지정 공원으로 지정되어 있다.

*일본의 세계 문화유산 : 류큐왕국의 구스쿠 및 관련 유산군 - 오키나와현

2000.12

제3부
일본의 정치 · 경제 · 종교

01. 일본의 정치

일본의 정치는 삼권 분립제이다. 입법권은 국회, 행정권은 내각, 사법권은 재판소에 각각 있다. 내각의 수반인 총리대신은 국회가 지명하고, 최고재판소 장관은 내각이 지명한다. 국회의원은 선거를 통해 유권자인 국민의 직접 투표로 선출된다.

일본국기

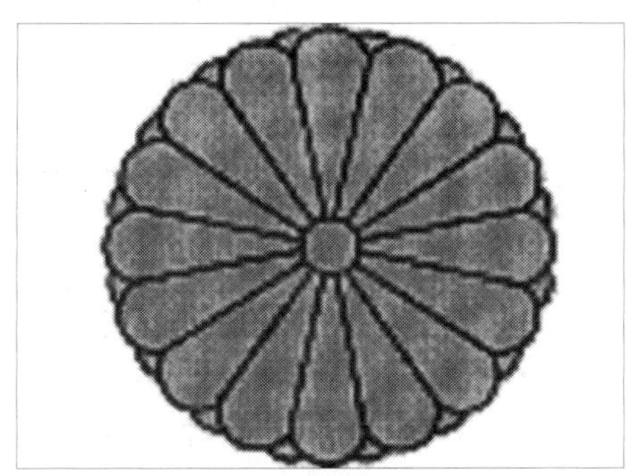

일본국장

헌법과 천황

일본의 신헌법은 1946년, 당시 대일본 제국 헌법을 개정하는 형태로 공포되어 1947년 5월 3일 발효되어 시행되었다. 이 신헌법은 제2차 세계대전 이후 일본이 미국에 점령되었을 때 만들어진 것이다. 현재의 일본 헌법은 전문(前文)을 비롯하여, 천황, 전쟁 포기, 국민의 권리와 의무, 국회, 내각, 사법 등에 관한 103개조 규정으로 이루어져 있다. 당시의 메이지 헌법과 비교해 볼 때 여러가지 중요한 차이점들이 있다. 다른 점은, 주권이 천황이 아닌 국민에게 있다는 점, 평화주의를 강조한 점, 국민의 기본적 인권을 보장한 점 등이다. 기본적 인권에는 먼저 종교의 자유, 사상·양심의 자유, 출판·언론의 자유 등과 더불어 국민 한 사람 한 사람이 인간다운 생활을 할 수 있도록 국가에 요구할 권리, 생존권, 사생활 보장의 권리 등도 포함되어 있다. 컴퓨터가 발달하면서 동시에 사생활 보장 제도가 필요해져 1988년 「개인 정보 보호법」이 공포되었다.

헌법의 전문에는 다음과 같이 쓰고 있다.

● 일본의 헌법 전문(1946년 11월 3일 공포)

일본 국민은 정당하게 선거된 국회에 있어서의 대표자를 통해 행동하고, 우리들과 우리들의 자손을 위해서 모든 국민과 협동한 성과와 우리나라 전 국토에서 자유가 가져오는 혜택을 확보하고 정부의 행위에 다시는 전쟁의 참화가 일어나는 일이 없을 것을 결의하고, 여기에 주권이 국민에게 있음을 선언하고 이 헌법을 확정한다. 국정은 국민의 엄숙한 신탁에 의한 것으로서, 그 권위는 국민에 유래하고, 그 권력은 국민의 대표자가 행사하고, 그 복리는 국민이 향유한다. 이것은 인류 보편의 원리이고, 이 헌법은 이러한 원리에 기초한다. 우리들은 이것에 반하는 일절의 헌법, 법령 및 조칙을 배제한다. 일본 국민은 영원한 평화를 염원하고 인간 상호의 관계를 지배하는 숭고한 이상을 깊게 자각하고 평화를 사랑하는 여러 국민의 공정과 신의를 신회하고 우리들의 안전과 생존을 유지할 것을 결의한다. 우리들은 평화를 유지하고 전제와 예종, 압박과 편협을 지상에서 영원하게 제거하려고 노력함으로써 국제사회에서 명예로운 지위를 차지할 수 있다고 생각한다. 우리들은 전 세계의 국민이 공포와 결핍을 면하고 평화롭게 생존할 권리를 가지는 것을 확인한다.

우리들은 어떠한 국가도 자국의 이익에만 전념하여 타국을 무시해서는 안되며 정치 도덕의 법칙은 보편적인 것으로, 이 법칙에 따라서 자국의 주권을 유지하고 타국과 대등관계에 서는 것이 각국의 책무라고 믿는다. 일본 국민은 국가의 명예를 걸고 전력을 다해 이 숭고한 이상과 목적을 달성할 것을 맹세한다.

황실

히로히토(裕仁) 천황 사후인 1989년 1월 7일 각계 대표들이 모인 조켄노키(朝見の儀)에서 아키히토(明仁) 천황이 즉위하였다. 현 아키히토(明仁) 천황은 헌법을 준수하고 국가의 발전을 기구하며 세계 평화와 인류복지증진에 기여할 것을 표명하였다. 아키히토(明仁) 천황은 1933년 12월 23일 히로히토(裕仁) 천황과 나가코() 황후 사이에 장남으로 태어났다. 황태자 시절에는 1956년까지 각슈인(學習院)의 초·중·고·대학교 과정을 수료하였다. 이 과정 수료 후에도 일본의 헌법을 포함한 여러 주제에 대하여 개인교습을 받기도 하였다. 1959년 4월 당시 아키히토(明仁) 황태자는 일본 굴지의 제분회사 사장의 장녀인 미치코(美智子) 황태자비와 결혼하였다.

아키히토(明仁) 천황과 미치코(美智子) 황후는 3자녀를 두었다. 장남인 나루히토(德仁) 황태자는 1960년 2월 23일 태어났다. 나루히토(德仁) 황태자는 1982년 3월 각슈인(學習院) 대학교 문학부 역사학과를 졸업한 뒤, 동 대학원의 인문대학원 사학과 박사과정에서 일본중세사를 연구하였다. 1983년 7월 영국 옥스퍼드대학교와 머튼대학에 입학하여 18세기 후반 템스강의 상품수송에 대한 연구를 계속하였다. 귀국한 이후에도 각슈인(學習院) 대학교 대학원에서 연구를 계속하였다. 아키히토(明仁) 천황의 다른 두 자녀로는 후미히토(文仁) 친왕(親王)과 사야코(清子) 내친왕(內親王)이 있다. 후미히토(文仁) 친왕(親王)은 1965년 11월 30일생이며 아야노미야(礼宮)란 칭호를 갖고 있다. 사야코(清子) 내친왕(內親王)은 1969년 4월 18일생이며 노리노미야(紀宮)란 칭호를 갖고 있다. 아키히토(明仁) 천황의 동생인 히타치노미야(常陸宮) 전하는 하나코(華子) 비와 1964년 결혼하였다. 그 밖의 다른 황족으로는 아키히토(明仁) 천황의 동생인 고(故) 지치부노미야(秩父宮)의 비, 아키히토(明仁) 천황의 동생인 고(故) 다카마츠노미야(高松宮)의 비, 아키히토(明仁) 천황의 동생인 미카사노미야(三笠宮) 내외가 있다. 이외에도 미카사노미야(三笠宮)의 아들인 도모히토(寬仁) 친왕 내외와 가츠라노미야(桂宮) 내외, 다카마도노미야(高円宮) 내외 등이 있다. 전후 귀족제도의 폐지로 오늘날에는 황족들만이 황족 칭호를 가지고 있으며 천황의 딸인 황녀도 일반인과 결혼하면 황족 칭호를 잃게 된다.

입법부

국회는 국가권력의 최고 기관이며 일본의 유일한 입법기관이

다. 국회는 의석수 512석의 중의원과 252석의 참의원으로 구성
된다. 이 가운데 여성의원의 비율은 10.7%로 세계 10위 정도이
다. 일본의 정치가 남성중심인 것을 잘 알 수 있다. 중의원 의원
의 임기는 4년이지만 4년 임기 전에 만약 중의원이 해산되면 임
기가 단축될 수도 있다. 중의원 의원은 130개 선거구에서 선출되
는데, 각 선거구는 한 개의 선거구를 제외하고 인구비례에 따라 2
명 내지 6명을 선출하는 대선거구이다. 참의원 의원은 6년 임기
로 선출되며, 3년마다 전체 의원의 반수를 개선하게 된다. 그중
100명의 참의원은 소위 전국구로 선출되기 때문에 결국 전체 국
민이 이들을 뽑는 결과가 된다. 나머지 152명은 47개의 현(縣) 단
위 선거구에서 선출된다. 중의원과 참의원의 회기에는 통상회통
상(通常會), 임시회, 특별회가 있다. 국회의 통상회 회기는 1년에
한반 매년 12월에 소집되어 150일간 개회된다. 통상회기 중에 제
출되는 가장 중요한 안건은 이듬해 회계연도의 국가 예산안이다.
중의원은 내각이 작성하여 국회에 제출한 예산안을 참의원보다
우선적으로 심의할 권한을 갖는다. 중의원은 또한 신임 총리의
지명과 조약체결에 관한 심의에 있어서도 참의원보다 우선권을
갖는다. 중의원은 내각불신임안 또는 신임 동의안을 제출할 수
있는 권한을 갖고 있다. 이것이 의회정치 제도에서 중의원이 보
유하고 있는 가장 중요한 권한이다. 중의원에는 법률상으로 내각
불신임안을 제출ㄹ할 권한이 없다. 중의원과 참의원의 의장과 부
의장은 각각 회의장내의 질서를 유지할 책임을 지며 당일의 의사
일정을 명한다. 국회 의사진행의 공평을 기하기 위해 이들 의장
단은 당적(黨籍)을 갖지 않는 것이 관례로 되어 있다. 중의원이 해
산중인 때 내각이 긴급소집을 요구할 경우에는 참의원이 그 회기

중 중의원을 대신하여 임시로 국회의 기능을 수행할 수 있다. 일본 국민들은 25세 이상이 되면 참의원 의원선거에 출마할 수 있고, 30세 이상만 되면 참의원 의원선거에 출마할 수 있다, 일본에서는 보통선거제가 시행되고 있으며 20세 이상이 된 모든 남녀는 모든 선거에 투표권을 갖는다.

선거

의원은 국민선거로 선출된다. 선거 때는 각 선거구역에서 20세 이상의 유권자에게 투표 용지를 배부한다. 25세 이상이면 피선거권을 가질 수 있다. 중의원 의원의 임기는 4년이지만, 평균 2.5년 만에 국회가 해산되고 선거가 실시된다고 한다. 참의원 의원의 임기는 6년으로, 3년마다 반수를 다시 뽑는다.

1993년, 호소카와 정권에 의해 40년에 이르는 자민당 일당 지배의 장기 정권이 붕괴되고 연립 시대를 맞게 된다.

정당

일본 최초의 정당인 애국공당(愛國公黨)은 1874년에 창당되었으며 출범하자마자 정부에 대해 의회제도 확립을 요구하는 청원서를 제출했다. 그 후 16년이 지난 1890년 7월 1일에 일본에서는 최초로 보통선거가 실시되었으며, 그해 11월 29일 처음으로 국회가 개회되었다. 일본 국회는 아시아 지역에서는 최초로 설립된 입법부였다. 그 후 국가 문제에 관한 정당들의 역할이 증대했지만 제2차 세계대전 기간 동안에 군국주의의 팽배로 인해 정당의 영향력이 쇠퇴하여 일시적으로 해산하기에 이르렀다. 현재 일본의 주요 6개 정당에는, 자유민주당, 일본사회당, 통일사회민주당 등이 있다.

집권당인 자민당은 일본의 주요 보수 정당으로서 제2차 세계대전 후에 결성된 2개의 보수정당들이 1995년 합당하면서 발족된 정당이다. 자민당은 1955년 이래 지속적으로 집권하였다. 당 총재는 중의원과 참의원의 자민당 소속의원들에 의해 2년 임기로 선출된다. 총재 경선자가 4명 이상일 때는 당원들의 직접투표에 의한 예비선거를 거쳐 그중 최고득표자 3명을 선발하고, 다시 이들 3명에 의한 의원총회에서의 결선투표를 통하여 최종적으로 당 총재를 선출한다. 자민당의 외교정책 핵심은 미·일 안전보장조약을 바탕으로 한 양국간의 상호 협력 관계를 지지한다. 또한 개발도상국에 대한 경제원조 증대를 통한 일본의 보다 적극적인 국제사회에의 기여를 강조하고 있다.

일본사회당은 1945년 11월, 2차 대전 전에 출현했던 각종 프롤레타리아정당들이 합병해서 창당된 것이다. 1951년 좌파와 우파로 분리되었다가 1955년 10월 다시 통일된 하나의 정당으로 재등장하였다. 일본사회당의 목표는 현행 헌법을 유지하면서 평화적이고도 민주적인 혁명을 통하여 사회주의를 실현하겠다는 것이다. 1986년 7월 도이다카코(土井たか子)가 위원장으로 선출되었다. 일본 역사상 주요 정당의 당수가 된 최초의 여성이다.

공명당은 원래 불교의 니치렘쇼슈(日蓮正宗)의 종교단체인 창가학회(創價學會)의 정치적 세력으로서 1964년 11월 창당되었다. 이 당은 1967년 1월 처음 총선거에 참여하여 입후보자 가운데 25명을 중의원에 진출시키는데 성공하였다. 그 후 공명당은 종교로부터의 독립을 선언하였다. 공명당은 인도적 사회주의 사상에 바탕을 둔 복지사회의 건설을 기치로 하고 있다.

민주사회당은 1959년 일본사회당을 탈당한 일단의 그룹에 의해 1960년 1월 창당되었다. 민사당은 극단적인 이데올로기를 반대하고 민주주의적 절차를 통한 사회주의 사회를 건설한다는 목표를 내세우고 있다.

일본 공산당은 1922년 7월 지하 정치조직체로 결성되었다가 전후에 합법적인 정당으로 인정받게 되었다. 국민들의 민주주의적 혁명과 그에 따른 사회주의 혁명을 통해 일본에서의 공산주의 사회의 실현을 목표로 삼고 있다.

통일사회민주당은 1978년 3월에 공식적으로 창당되었다. 사회당에서 탈당한 3명의 국회의원과 사회주의 시민연맹 소속의원 3명이 주축이 된 통일사회민주당의 목표는 새로운 자유적 사회주의의 구현에 있다.

일본 국회의 정당 종류를 살펴보면 자유민주당(自由民主党), 일본사회당(日本社會党), 공명당(公明党), 민주사회당(民主社會党), 일본공산당(日本共産党), 신정(新政)클럽, 이원(二院)클럽, 샐러리맨 신당(新党), 무소속 등이다.

행정부

행정권은 내각에 귀속되며 내각은 총리대신(總理大臣)과 20명 이내의 다이진(大臣, 長官)들로 구성되며, 내각은 국회에 대하여 연대책임을 진다. 총리대신은 국무대신에 대한 임면권(任免權)을 가지며 국무대신은 전원이 문민(文民)이어야 하고 또 그 과반수 이

상은 국회의원이어야 한다. 만약 중의원이 내각불신임안을 가결하거나 또는 신임만을 부결했을 경우 내각은 총사퇴를 하거나 그 결의안 의결 후 10일 이내에 중의원을 해산해야 한다.

행정부에는 12개 성(省)과 총리부(總理府) 외에 32개 외국(外局) 이 있다. 전체 공무원의 수는 총 118만 명으로 그 중 27만3천명은 자위대원이다. 이 밖에 매년 국가재정을 감사하는 독립기관인 회계검사원(會計檢査院)이 있다. 일본은 수도인 도쿄(東京)을 위시하여 47개의 현(縣)으로 나뉘어져 있으며 지방행정은 현(縣), 시(市), 군(郡), 정(町), 촌(村) 단위로 다스려지며, 각 지방행정 단위마다 지방의회가 있다. 각 현(縣)의 지사와 시(市), 군(郡), 정(町), 촌(村)의 장(長)과 해당지역의 지방의회 의원은 그 해당구역 내에 등록된 유권자에 의하여 선출된다.

외무성은 외교 정책을 입안하여 실시하고, 문부성은 학교 교육을 지도하며, 대장성은 나라의 예산을 세우고 세금을 거둔다. 운수성은 교통 기관을 감독하고, 우정성은 우편과 예금, TV 등의 전파를 관리하며, 건설성은 도시 계획과 댐, 하천 공사, 도로 건설 등을 감독한다. 그 밖에 자치성, 노동성, 통신산업성, 후생성, 법무성, 그리고 각 정부기관의 업무를 조정하는 총리부가 있다.

외국에서는 일본을 관료가 움직이는 「관료사회」라고 부른다. 사실 국회가 혼란에 빠지거나 대신이 바뀌거나 해도 정책에는 큰 변화가 생기지 않는 것을 볼 수 있다. 그래서 「관료주의」라든가 「행정 편의주의」와 같은 부정적인 면이 지적되고 있는 것 또한 사실이다.

사법부

　사법부는 행정부와 입법부로부터 독립되어 있으며 최고재판소, 8곳의 고등재판소, 각 현(縣)마다 있는 지방재판소 등으로 구성되어 있다. 예외적으로 혹카이도(北海道)에는 4개의 지방 재판소와 수많은 간이 재판소로 구성되어 있다. 이밖에 많은 가정재판소가 있다.

　최고 재판소는 최고재판소 장관과 14명의 재판관으로 구성되어 있다. 최고재판소 장관은 내각의 제청(提請)에 의하여 천황이 임명하며, 그밖의 최고재판소 재판관들은 내각이 임명한다. 최고재판소 재판관들은 임명된 후의 첫 총선거 때 국민들의 심사를 받게 되며, 10년 임기를 마친 후 재임된 경우에도 반드시 국민투표로서 승인을 받아야 한다. 최고재판소는 각종 법률, 명령, 규정이나 행정 행위에 대한 최종적인 위헌심사권(違憲審査權)을 가지고 있다. 하급 재판소의 재판관들은 최고재판소가 지명한 자 중에서 내각이 임명한다. 모든 하급 재판소 재판관들은 재임명에 관하여 아무런 제한은 없지만, 임기는 10년으로 되어 있다. 재판관들은 중의원 의원과 참의원 의원으로 구성된 탄핵재판소의 판결에 의하거나 또는 그의 임무를 수행할 수 없다는 판결이 있을 때에 한해서만 해임된다. 그리고 모든 재판관은 법률에 의해 정해진 정년이 되면 은퇴해야 한다.

02. 일본의 경제

일본은 고도 경제 성장을 이루어 경제 대국이 되었으나, 1991
년을 정점으로 성장이 멈추고 경기가 후퇴하였다. 무역 흑자에
따른 외국과의 경제 마찰, 엔고, 산업 구조의 변화 등 산적한 문
제들을 어떻게 해결할 것인지가 일본 경제의 과제이다.

일본 경제는 1960년대부터 몇 차례 불황의 위기를 극복하면서
고도성장을 이룩해 왔다. 그러나 1991년을 정점으로, 1992년부
터는 경기가 후퇴하고 있다. 1992년 경제심의회가 제출한 「생활
대국 5개년 계획」에는 다음과 같은 사항이 씌어 있다. 「지금까지
는 생산성 향상을 중시해 왔으나 앞으로는 국민 한 사람 한 사람
의 생활을 중시한다.」, 「일본의 경제력 향상에만 치우쳐 생각하
지 않고 지구 사회의 조화를 고려한다.」 1990년대에 이르러 노동
시간을 단축하고 여가를 즐기는 생활을 실현하는 데 힘을 기울일
것을 천명한 것이다.

일본에서 실시한 「생활대국 5개년 계획」에는 「노동시간을 연
간 1,800시간으로 줄인다.」, 「대도시 거주자의 주택 구입비를 연
수입의 5배로 낮춘다.」는 내용이 들어 있다. 그러나 이를 실현하
는 데는 어려운 점이 있다. 일본은 좁은 땅에 많은 사람이 살고
있어 주택 가격이 아주 비싸기 때문이다. 일본 직장인들의 노동

시간은 출퇴근 시간을 포함하면 하루 10시간 이상이 보통이며, 8시간 노동에 잔업 2시간, 출퇴근 거리 왕복 3시간 등, 하루 13시간이나 묶여 있는 사람도 적지 않다.

야채

　일본의 「엔」과 「상품」은 세계를 활보하고 있다. 예전에는 해외여행을 하려면 달러를 준비해야 했으나, 지금은 대부분의 나라에서 엔으로도 해결다.

　그러나 일본의 문화와 관습 같은 것은 돈이나 물건처럼 세계 이곳저곳으로 수출되는 것이 아니어서, 국제적으로 이해를 증진시키는 데 노력해야 할 것이다. 예를 들어 상거래의 경우, 수입 규제와 외국 기업이 진출하기 어려운 구조에 대한 비판이 있다. 불필요한 규제는 하루빨리 없애고, 시장 개방을 서둘러야 한다. 일본이 일방적으로 수출만 한다면 국제수지는 흑자가 계속되어 균형이 나빠질 뿐이다. 그러나 가장 문제가 되는 것은 상거래 관습이 다른 점 같다. 어느 한 쪽의 방법이 옳고 다른 쪽은 그르다는 생각을 버리고, 상대방의 방식을 이해하려는 마음가짐이 중요하다고 생각한다. 그러기 위해서는 유학생이나 외국인 사원을 더 받아들여 일본의 관습을 이해시킬 것, 그리고 일본인도 외국인과 접하여 자신들의 사고 방식과의 차이를 알 필요가 있다고 하겠다. 일본에서 내수 확대라는 말에는 특별한 의미가 담겨 있다. 그것은 일본이 해외로의 수출은 많은 데 비해 수입은 적어 외국과의 경제 마찰을 불러일으키고 있기 때문이다. 일본 국내의 수요를 더욱 확대하는 것이 결과적으로는 수출입의 균형을 유지해주는 길이라고 하겠다.

일본의 엔화는 1973년에 변동환율제를 채택했다. 그 이후 일본 엔화의 가치는 점점 높아졌다. 그 이유는 경제 성장률과 비교적 높았던 점과 물가 상승률이 낮다는 점, 그리고 무역 흑자가 계속되고 있다는 점 등이다. 물론 그 배경에는 각국이 엔의 가치를 높이고자 협조한 것도 있다. 엔고로 말미암아 일본 경제는 수출 제품이 많은 자동차와 전기 산업 부문에서 타격을 받았다. 수입 물가는 내려가 일본 내에 수입품이 늘었다. 지속적인 엔고 현상으로 인해 일본 경제는 시련에 직면해 있다.

현재 일본에서 통용되는 화폐(貨幣)에는 10,000円, 5,000円, 2,000円, 1,000円짜리 지폐와 500円, 100円, 50円, 10円, 5円, 1円짜리 주화가 있다 우리나라에서는 100원 이하의 주화는 실생활에서 별로 통용되지 않으나 일본에서는 1円짜리 주화도 실생활에서 사용된다. 2004년 11월 1일부터 10,000円, 5,000円, 1,000円자리 새 지폐가 발행되었다.

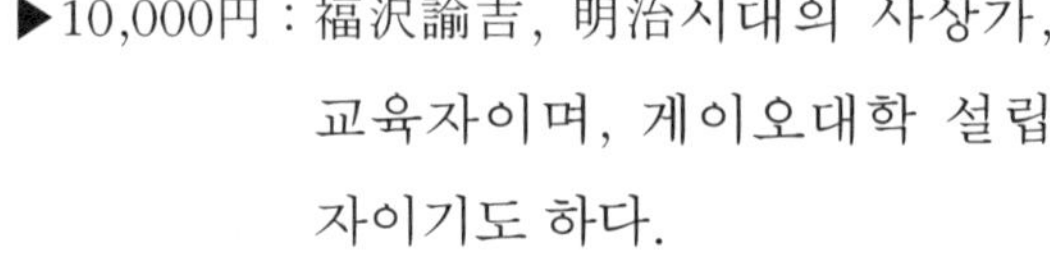

▶10,000円 : 福沢諭吉, 明治시대의 사상가,
교육자이며, 게이오대학 설립
자이기도 하다.

▶5,000円 : 樋口一葉, 明治시대의 여류소설
가, 시인, 24세의 나이에 죽음.
여성이 지폐의 인물이 되기는 이
번이 처음이다.

▶2,000円 : 오키나와 류큐(沖縄琉球) 왕조 시대
의 상징인 수리성(首里城)의 수례
문(守礼門)이 모델. 2000년 7월에
발행되었다.

▶1,000円 : 野口英世, 유명한 미생물, 세균학
자. 매독균의 배양의 성공, 황열
병 연구 중에 병사하였다.

500円 주화　　100円 주화　　50円 주화　　10円 주화　　5円 주화　　1円 주화

03. 일본의 종교

이쓰쿠시마신사(厳島神社)

　일본에서는 헌법에 의해 모든 사람이 종교적 자유를 보장받고 있는데, 헌법 제20조에서는 다음과 같이 규정하고 있다. 어떠한 종교단체도 국가로부터 특권을 부여받거나 또는 정치상의 권력을 행사해서는 안 된다. 어느 누구도 종교적인 행위, 축전(祝典), 의식(儀式) 또는 행사에 참가할 것을 강요당하지 아니한다. 국가와 국가기관은 종교교육이나 기타 어떠한 종교적 활동도 해서는 안 된다고 되어 있다. 오늘날 일본에서 가장 우세한 종교는 불교로서 1985년말 현재 그 신도수가 9,200만명에 이르고 있다. 기독교도 상당히 활발한 행보를 하며 신도수는 약 200만명 정도라고 한다. 그 밖의 종교로는 회교도가 있는데 일본에 일시 거류하는 외국인 교인을 포함하여 신도수는 약 20만명에 이른다.

　불교와 신도(神道)는 일본의 2대 종교이다. 대부분의 일본인은 설날에는 신사(神社), 오본(お盆)에는 절에 간다. 집안에 신단과 불단이 같이 모셔져 있는 것에서 알 수 있듯이, 이 두 종교는 일본

인의 신앙 속에 깊숙이 스며들어 있다고 할 수 있다.

일본의 종교는, 오래 전부터 있었던 신도와 외국에서 들어온 불교가 기본을 이루고 있다. 이 2대 종교는 서로 영향을 주고받으며 독특한 신불(神佛) 신앙을 탄생시켰다. 일본인 가정에는 신단과 불단이 함께 있는 경우가 흔하다. 외국인들에게는, 서로 다른 종교인 신단과 불단 모두를 향해 절을 하는 일본인들이 이상하게 여겨질 것이다. 기독교는 극심한 에도시대의 박해 역사를 거쳐 근대 이후에는 주로 지식계층에 수용되었다. 신자 수는 전체 인구의 약 1%에 지나지 않는다. 새해 첫 참배(하쓰모데)는 신사에서 하고, 결혼식은 교회에서 올리며, 장례식은 절에서 하는, 이와 같은 행동을 모순으로 느끼지 않는 것이 일본인의 종교 의식이다.

불교는 6세기 중엽에 인도로부터 중국과 한반도를 거쳐 일본에 전래되었다. 황실의 장려와 보호를 받기 시작한 후로 불교는 정부에 의해 널리 전국적으로 장려 전파되었다. 9세기 초엽에는 불교가 주로 궁정의 귀족들을 만족시켜 붐으로써 새로운 시대를 맞게 되었다. 가마쿠라시대(鎌倉時代, 1192~1338)에는 일시적으로 정치적 불안과 사회적 혼란이 있던 시기였는데 이때는 무사와 농부들에게 구제의 희망을 안겨주는 수많은 신흥불교 종파들이 생겨나기도 했다. 불교는 종교로서 번성했을 뿐만 아니라 일본의 예술과 학문을 발전시키는데 크게 기여하였다. 막부의 철권정치가 상대적인 평화와 번영을 가져오면서 세속화가 된 에도시대(江戶時代, 1603~1868) 에는 불교의 정신적인 활기는 크게 쇠퇴하여 승려들과 사원의 사회적 정치적 권력도 약해지고 불교의 문화적인 영향력도 전반적으로 희미해졌다. 동아시아의 대승불교(大乘

佛敎) 계통에 속하는 일본의 불교는 일반적으로 개인적인 완성보다는 만인을 위한 극락왕생(極樂往生)을 설교하여 동남아시아 지역의 불교와는 다르다. 오늘날 일본에는 불교에 근원을 두고 있는 100여개 이상의 불교 종파들이 공존하고 있다. 그중에는 정토(淨土), 정토신종(淨土眞宗), 일련(日蓮), 진언(眞言), 천태(天台), 선(禪) 등이 있다. 2차 세계대전 직후 여러 새로운 종교운동이 활기를 띠었다. 신도에 바탕을 둔 종파, 불교의 종파에 바탕을 둔 것, 또는 복합적인 종교 성향을 띤 종파도 있었다. 이들 신흥종교 운동 중의 상당수는 각자의 종교집단 내에서 다양한 사회적 문화적 활동을 벌였으며, 또 일부는 실질적인 정치활동에 참여하기도 하였다. 쇼토쿠 태자는 불교를 보호하였고, 그 뒤 많은 사찰이 일본 각지에 세워졌다. 가마쿠라시대에 일부 계층을 위한 종교에서 민중의 종교로 바뀌었다. 호넨, 신란, 도겐, 니치렌 등의 승려들이 민중들에게 알아듣기 쉽게 도를 설파했기 때문이다. 도쿠가와시대에는 막부(幕府)의 보호를 받아 크게 융성했으나, 지금은 조상께 공양을 주로 하는 「장례식 불교」의 성격이 강하다. 현재 일본에는 약 7만 5천 채의 절이 있으며, 승려 수는 18만, 신도 수는 8천만 명 정도라고 한다.

일본 고유의 종교는 신도(神道)이다. 이것은 고대 일본인들의 물활론(物活論)적 믿음에 그 뿌리를 두고 있다. 신도는 각 가정이나 그 지방 수호신을 모신 지방 신사(神社)와 함께 지역적인 종교로 발전해 왔다. 주민들은 그 지역의 영웅이나 지도자들을 숭배하고 조상의 영혼을 섬겨왔다. 동시에 천황의 신성한 기원 신화도 신도 기본교리 중의 하나가 되었으며, 19세기 초엽에는 애국적인 신도운동이 확산 정착되었다. 1868년 메이지(明治)유신 이후, 그리고 2차 세계대전 중에는 신도가 일본 정부에 의해 국교(國敎)로 장려되었다. 그러나 전후(戰後) 신헌법 하에서 신도는 더 이상 아무런 공식적인 지원이나 특권도 받을 수 없게 되었다. 그럼에도 불구하고 여전히 많은 일본인들의 생활에서 다방면으로 중요한 의식적 역할을 하고 있다. 신도는 불교와 병존하며 때로는 일반 대중의 마음 속에 중복 혼재하는 것이다. 오늘날 다수의 일본인들은 결혼식은 신도식으로, 장례식은 불교식으로 하고 있다.

신도는 자연에 대한 숭배심이 종교로 발전한 것으로, 애니미즘(animism)의 일종이다. 애니미즘이란 동물, 식물, 자연 현상 속에 영혼이 있다고 믿는 종교적인 사고방식이다. 신도는 초기에는 창시자도 교리도 없었으나, 불교와 유교의 영향을 받으면서 신전을 짓고 교리를 가르치게 되었다. 현재 신사는 일본 전국에 8만 여 군데가 있고, 신도 수는 약 1억 명으로 알려져 있으나 실제로 그런지는 알 수 없다고 한다. 하쓰모데나 결혼식은 신사에서 하는 사람이 많다. 또한 현대적인 호텔 안에도 결혼식을 위해 자그마한 신사가 만들어져 있어, 그 곳에서 신주가 축사를 읽어준다. 도리이(신사 입구에 세운 기둥 문)는 신사의 상징이다. 도시에서는 신사가 자취를 감춘 것처럼 보이지만, 빌딩 옥상과 같은 뜻밖의 장소에 도리이가 서 있는 경우도 있다.

지장 신앙은 원래 인도의 신인데, 일본에서는 헤이안 시대부터, 수행하는 승려의 모습을 하고 민중을 구제해 주는 보살이 되었습니다. 중세 이후에는 민간신앙과도 접목되어 마을 경계나 갈림길에 지장보살이 세워졌다.

「마을 어귀의 지장보살님은 언제나 방글방글 웃고 계시네」(동요)

빨간 턱받이를 한 지장보살은 어딘지 모르게 익살스러우며 아이들에게 친숙한 듯하다. 동요나 동화 속에도 자주 등장한다. 지장보살은 아이들을 매우 좋아한다고 하여 「고소다테(育兒) 지장」상도 각지에 세워져 있다.

슈겐도는 원시적인 산악신앙과 밀교가 어우러진 것이다. 사람이 살지 않는 깊은 산 속에서 초인적인 수행을 쌓아 영적 힘을 체득한 사람을 야마부시(山伏)라고 한다. 지금도 기이(紀伊) 반도의 구마노와 동북 지방의 데와산잔은 야마부시가 수행하는 장소로 유명하다. 데와산잔에는 3일간과 1주일간의 수행 코스가 있을 정도이다. 기독교는 1549년 예수회파의 선교사 성프란시스 사비에르에 의해 일본에 소개되어 16세기 후반기에 급속도로 전파되었다. 이 시기는 내부적 분쟁과 소요의 시대였으므로 새로운 종교들은 새로운 정신적 지표를 모색하는 국민들과 무역을 통한 이익이나 새로운 서양기술, 진보된 무기 등을 획득하려는 사람들에게 대환영이었다. 그러나 16세기 말엽에 일본이 통일되자 패권을 잡은 집권층에서는 더 이상의 변혁을 요구하는 세력을 억제했기 때문에 기독교를 기존질서를 파괴하는 세력으로 낙인찍어 억압하였다. 이러한 쇄국은 19세기 중엽까지 약 250년 동안 계속되었다. 현재 일본의 기독교도는 신교도가 약 99만 명, 가톨릭이 약 50만 명 정도이다. 한편 일본인들은 유교는 종교라기보다는 일종의 도덕규범으로 여긴다. 6세기 초엽에 소개된 이후 일본인의 사상과 행동면에 커다란 영향을 미쳤으나 2차 세계대전 이후 그 영향력이 많이 감퇴하였다.

제4부
일본의 문화와
생활 일본어

제4부. 일본의 문화와 생활 일본어

문화에는 예로부터 전해 내려오는 전통 문화로서, 가부키(歌舞伎), 노, 교겐 등의 연극과 다도, 꽃꽂이, 서예 등의 예술이 있다. 또한 현대 문학, 음악, 미술, 영화 등의 현대 문화와 아이들 세계 특유의 어린이 문화가 있다. 1960년대 고도성장에 의해 일본 사회는 급속히 근대화되었다. 그러나 고속도로가 각지로 이어지고 고층 빌딩이 즐비한 도시에서도 아직 일본의 전통 문화가 계승되고 있다. 고층 호텔의 로비는 꽃꽂이로 장식되어 있으며, 객실(客室)의 도코노마에는 족자가 걸려 있다. 말쑥한 차림의 여사무원이 퇴근길에 다도 교실에 다니고 가부키를 보는 등, 아무리 생활이 근대화되었을지라도 일본의 전통 문화는 계속 살아 움직이고 있다. 그러나 최근에는 워드프로세서로 편지를 쓰는 사람이 많아졌다고 한다.

01. 가부키

가부키는 일본의 전통 예술 중에서도 가장 인기 있는 것이다. 도쿄에는「가부키자」와 국립극장이 있는데, 인기 있는 상연물의 경우는 쉽게 좋은 좌석을 잡을 수 없을 정도라고 한다.

가부키의 특징은 연기자가 모두 남성이라는 점이다.「오야마(女形)」라 해서 여자 역을 하는 배우가 있다. 이들의 언행은 여자보다 더 여자다워서, 허구의 세계에서 이상형의 여성상을 연기한다고 할 수 있다.

가부키자

무대 왼쪽에는 가부키의 반주 음악을 하는「게자(下座)」가 있고 샤미센과 나가우타(長唄 : 속요) 가 연주된다. 무대는 회전무대로, 객석 쪽에서 보면 무대가 오른쪽에서 왼쪽으로 배우를 태운 채 움직이면서 다음 장면으로 바뀐다. 일일이 막을 내리거나 올릴 필요가 없고, 배우가 무대와 함께 등장 하고 퇴장하는 모습은 보기만 해도 재미있다. 또한「하나미치(花道)」라 해서 무대에서 객석을 향해 직각으로 돌출된 형태의 길이 뻗어 있다. 하나미치는 배우의 등장과 퇴장 뿐 아니라, 무대의 일부로서 강이나 집의 복도 구실을 하기도 한다.

가부키 무용

가부키의 대사는 일본인조차 알아듣기 힘들어서 역사적인 배경과 대사를 현대어로 설명해 주는 해설자가 따로 있고, 영어 설명도 해준다. 이렇게 하면 그저 무대만 바라보며 알지 못하는 스토리를 따라가는 것보다는 훨씬 깊게 이해할 수 있을 것이다. 가부키는 양식미의 세계이다. 감정이 최고조에 달했을 때, 배우는 행동을 멈추어 무대 전체가 마치 움직임이 없는「그림」과 같은 상태가 된다. 배우가 절정에 달한 제스처를 취하

면 관객을 포함한 극장 전체가 정지된 듯 한 상태이다. 그 정적을
깨는 듯이 객석으로부터 「いよ-, はりまや」라는 외침이 들리고
박수가 터져 나온다. 이것이야말로 가부키의 볼거리라고 할 수
있다. 그 밖에도 약 400년의 전통을 자랑하는 가부키의 볼거리는
많습니다. 배우의 분장과 의상, 음악 등이다.

가부키 대표극 시바라쿠(暫く)

가부키 공연장면

청음(清音) - 청음의 종류에는 모음, 반모음, 자음이 있다. 모음은 あ行의 あ、い、う、え、お 다섯 자이며, 반모음은 や行의 や、ゆ、よ와 わ行의 わ 네 자이다. 나머지는 자음에 해당한다.

あ　い　う　え　お

あさ 아침　　いえ 집　　うま 말　　えさ 먹이　　おに 도깨비

　　あ行의 「う」는 우리말의 「우」와 「으」의 중간 발음이다. 그러므로 입술을 동그랗게 해서 발음하지 않도록 해야된다.

か　き　く　け　こ

かき 감　　きつね 여우　　くり 밤　　けさ 오늘 아침　　ここ 이곳

　　か行이 단어의 첫머리에 올 때는 우리말의 「카」와 「가」의 중간음 정도로 발음하고, 단어의 중간이나 끝에 올 때는 「ㄲ」에 가깝게 발음한다.

さ　し　す　せ　そ

さしみ 생선회　　しる 국　　すし 초밥　　せみ 매미　　そら 하늘

　た行이 단어의 첫머리에 올 때 「た」, 「て」, 「と」는 우리말의 「타」와 「다」의 중간발음이다. 「ち」는 우리말의 「치」와 가깝게, 「つ」는 우리말의 「츠」를 「쯔」에 가깝게 강하게 발음한다. 그리고 「た」, 「て」, 「と」가 단어의 중간이나 끝에 올 때는 「ㄸ」에 가깝게, 「ち」와 「つ」는 우리말의 「쯔」에 가깝게 발음한다.

　は行의 「は」와 「へ」는 일반 단어에 쓰일 때는 「ha」와 「he」로 발음하나, 조사로 쓰일 때는 「wa」와 「e」로 발음한다.

や　　ゆ　　よ

やさい 야채　　ゆめ 꿈　　よる 저녁

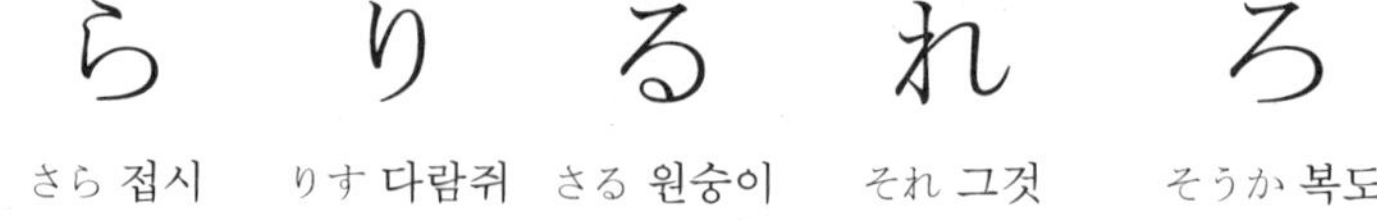

ら　　り　　る　　れ　　ろ

さら 접시　　りす 다람쥐　さる 원숭이　それ 그것　　そうか 복도

わ　　を　　ん

わたし 저　　~을/를　　ほん 책

わ行의 「を」는 의 「お」와 발음은 같으나 일반 단어에는 쓰이지 않고 우리말의 「~을/를」에 해당하는 목적격 조사로만 쓰인다.

「ん」은 우리말의 받침 역할을 하며 경우에 따라서 우리말의 「ㄴ」,「ㅁ」,「ㅇ」으로 발음된다

02. 노(能)와 교겐(狂言)

노는「노가쿠」라고도 하는 일본의 대
표적인 무대 예술 중 하나로서 약 700
년의 전통을 가지고 있다. 나라 시대에
중국의 당나라에서 대중 예술로서 들
어온「노가쿠」가 가마쿠라 시대에 이
르러 노래와 춤극인「노」와 이야기극
인「교겐」으로 나뉜다. 무로마치 시대
에 이르러서는, 간아미, 제아미 부자

노 공연

가 노를 예술적인 경지로 발전시켜, 지금까지 계승되고 있다. 노는
「노가쿠도」라 불리는 지붕이 있는 특별한 무대에서 상연된다. 노
는 주역인 시테카타(가면 쓴 사람)와 와키카타(가면을 쓰지 않은 사람),
그리고 오하야시카타(피리나 북 등의 악기를 연주하는 사람)에 의해 연기
가 이루어집니다. 무대 장치는 아무것도 없다. 이야기의 흐름 속에
서 높은 산과 바다, 거센 바람 따위를 상상하는 것이다. 오히려 아
무것도 없기 때문에 관객들의 상상력은 끝없이 펼쳐질 수 있다.

노와 교겐은 한 번씩 교대로 상연
된다. 긴장된 상태로 노의 진지한 이
야기를 본 뒤, 편안한 마음으로 교겐
을 즐긴다. 대사가 우스꽝스러워서
관객들은 자기도 모르게 웃음의 세
계로 빠져든다. 노와 교겐은 번갈아
상연된다.

교겐

탁음(濁音) - 탁음이란 자음에 탁점이 붙어서 청음에 비해 소리
가 흐려지는 것을 말하며 「か行, さ行, た行, は行」
에만 붙는다.

현대 일본어에서는じ와 ぢ, ず와 づ는 발음이 같은 것으로 생각
한다.

반탁음(半濁音) - は行에 반탁점이 붙는 글자를 말하며, ぱ行이
단어의 첫머리에 오는 경우는 외래어나 의성

어, 의태어를 표기할 때이며 우리말의 「ㅍ」처럼
발음한다. 일반 단어의 경우 단어의 중간, 끝에
오며 우리말의 「ㅃ」에 가깝게 발음한다.

ぱ　ぴ　ぷ　ぺ　ぽ

ぱん **빵**　ぴかぴか **반짝반짝**　プロ **프로**　ペーチカ **페치카**　ポップス **팝송**

요음(拗音) - 히라가나 い단의 글자에 반모음이 붙어서 한 글자
로 발음되는 것을 말한다.

きゃ	きゅ	きょ
おきゃく 손님	やきゅう 야구	きょり 거리

ぎゃ	ぎゅ	ぎょ
ぎゃくてん 역전	ぎゃうにく 소고기	にんぎょう 인형

しゃ	しゅ	しょ
しゃしん 사진	しゅじん 주인,남편	しょくじ 식사

じゃ	じゅ	じょ
じゃがいも 감자	じゅうしょ 주소	じょせい 여성

ちゃ

おもちゃ 장난감

ちゅ

ちゅうもん 주문

ちょ

ちょきん 저금

にゃ

こんにゃく 곤약

にゅ

ぎゅうにゅう 우유

にょ

にょうぼう 처

ひゃ

ひゃく 100

ひゅ

ひゅうひゅう 휴휴
바람부는 소리

ひょ

ひょうげん 표현

びゃ

さんびゃく 300

びゅ

びゅうびゅう 붕붕
기세좋게 움직이는 모양

びょ

びょういん 병원

ぴゃ

はっぴゃく 800

ぴゅ

ぴゅうぴゅう 휙휙
많이 날아가는 모양

ぴょ

はっぴょう 발표

みゃ

みゃく 맥

みゅ

みゅうず 뮤즈

みょ

みょうじ 성

りゃ

けいりゃく 계략

りゅ

りゅうこう 유행

りょ

りょこう 여행

장음(長音) - 장음은 한국인이 소홀히 하는 발음 중의 하나로 일
본어에서는 장음 처리를 잘못하면 전혀 다른 뜻을
나타내는 경우가 있기 때문에 주의해서 발음해야
한다.

·あ段 : +あ
① おかあさん 어머니　　　　　おかさん 오카 씨(성씨의 하나)
② おばあさん 할머니　　　　　おばさん 아주머니

·い段 : +い
① いい 좋다　　　　　　　　　い 위
② おじいさん 할아버지　　　　おじさん 아저씨

·う段 : +う
① すうじ 숫자　　　　　　　　すじ 근육
② ゆうき 용기　　　　　　　　ゆき 눈

·え段 : +い、え
① めいし 명함　　　　　　　　めし 밥
② おねえさん 누나, 언니

·お段 : +お、う
① おおい 많다　　　　　　　　おい 남자 조카
② おとうさん 아버지

촉음(促音) - 촉음은 우리말의 받침 역할을 하며 다음에 오는 음
에 따라 다르게 발음된다.

· **か行**（k）

こっか 국가   さっき 아까

せっけん 비누   がっこう 학교

· **た行**（t）

はったつ 발달   はってん 발전

きって 우표   おっと 남편

· **さ行**（s）

あっさり 깨끗이, 간단히   ざっし 잡지

けっせき 결석   さっそく 즉시, 당장

· **ぱ行**（p）

いっぱい 한잔   きっぷ 티켓(표)

いっぺん 일회, 한번   いっぽう 한편

발음(撥音) - 발음도 역시 우리말의 받침 역할을 하며 다음에 오
는 음에 따라 다르게 발음된다.

· **ば、ぱ、ま行**앞（m）

えんぴつ 연필   うんめい 운명

せんぱい 선배   さんぽ 산책

· **か、が行**（ŋ）

おんがく 음악　　　　　　　しんぎ 심의

にんげん 인간　　　　　　　かんこく 한국

· **ざ、た、だ、な、ら行**（n）

かんじ 한자　　　　　　　　おんち 음치

あんない 안내　　　　　　　けんり 권리

· **あ、さ、は、や、わ行**（ŋ）과（n）의 중간음

はんい 범위　　　　　　　　こんやく 약혼

でんわ 전화　　　　　　　　けんさ 검사

03. 꽃꽂이

꽃꽂이

꽃꽂이는 화도라고도 한다. 그것은 외형상의 장식보다도 「꽃을 통해 자기를 표현하는」정신성을 중요시하기 때문일 것이다. 꽃꽂이에는 여러 갈래의 유파가 있어, 각각 선생을 정점으로 하고 그 밑으로 문하생들이 피라미드와 같이 이어지는 이에모토(종가) 제도라 불리는 조직이 있다. 그러나 어느 유파에나 공통되는 점은 「꽃꽂이는 살아 있는 초목을 재료로 한 순간의 예술」이라는 것이다. 여기에도 하이쿠(俳句)를 읊을 때와 상통하는 「순간」을 소중히 여기는 마음이 살아 있다.

03. おはようございます 안녕하세요

〈아침〉　ジア：おはようございます。

　　　　カタノ：おはようございます。

　　　　　　　　いいお天気ですね。

〈점심〉　ジア：こんにちは。

　　　　カタノ：ああ、こんにちは。お元気ですか。

〈저녁〉　ジア：カタノさん、こんばんは。

　　　　カタノ：こんばんは。

단어

おはようございます : 아침인사. / 天気(てんき) : 날씨 / こんにちは : 점심 인사

元気(げんき) : 원기, 건강함 / ˜さん : ~씨 / こんばんは : 저녁인사

노래

頭・肩・膝・足(머리 어깨 무릎 발)

頭 肩 膝 足 膝 足 (머리 어깨 무릎 발 무릎 발)

頭 肩 膝 足 膝 足 膝 (머리 어깨 무릎 발 무릎 발 무릎)

頭 肩 足 膝 足 (머리 어깨 발 무릎 발)

頭 肩 膝 耳 鼻 口 (머리 어깨 무릎 귀 코 입)

단어

頭あたま : 머리 / 肩かた : 어깨 / 膝ひざ : 무릎 / 足あし : 발

耳みみ : 귀 / 鼻はな : 코 / 口くち : 입

---

04. 단가(短歌)와 하이쿠(俳句)

단가는 5·7·5·7·7의 5구, 31음을 정형으로 하는 노래이다. 흔히 와카(和歌)라 하면 바로 이 단가를 가리킨다. 현대에 와서는 자연스런 어구체에 의한 단가도 유행이다. 하이쿠는 단가의 첫 5·7·5의 부분을 딴 것으로, 세계에서 가장 짧은 정형시라 할 수 있다.

「고요함과 바위에 스며드는 매미의 울음」

위의 것은 바쇼의 하이쿠이다. 하이쿠에는 계절에 관계된 낱말이 반드시 들어가 있어야 한다. 위의 경우에는 「매미」가 그것으로, 여름을 나타낸다. 쓰이는 음의 수가 17음이어야 하는 조건도 있지만, 현대 하이쿠에는 위의 조건들에 구애받지 않는 것도 있다. 이것은 상당히 다른 느낌을 주는 하이쿠이다.

「다른 것도 아닌 산다는 것은 선택한다는 것」(우류도시카즈)

04. はじめまして 처음 뵙겠습니다

　　　　ジア　：はじめまして。私は 金です。

　　　カタノ　：はじめまして。カタノと申します。

　　　　ジア　：どうぞよろしく。

　　　カタノ　：こちらこそどうぞよろしく。

　　　　ジア　：私は 学生です。

　　　カタノ　：私も 会社員です。

단어

はじめまして : 처음 뵙겠습니다 / 私(わたし) : 나, 저 / ~です : ~입니다

~も : ~도 / と申(もう)します : ~라고 합니다 / どうぞ : 아무쪼록, 부디

よろしく : 잘 부탁합니다 / 学生(がくせい) : 학생

会社員(かいしゃいん) : 회사원

문법내용

1. 명사의 기본문체

　~です　　　　　　　　　　　　　　~입니다 (현재 긍정형)

2. ~も　　　　　　　　　　　　　　~도

やってみましょう : 해 봅시다

1. 다음 우리말을 일본어로 써 보세요.

(1) 저　　　　　　　　___________________________

(2) 처음 뵙겠습니다　___________________________

(3) 잘 부탁드립니다　___________________________

(4) 예, 그렇습니다　　___________________________

2. 다음 일본어 문장 중 틀린 부분을 고쳐보세요.

(1) わたしはやまだ(山田)さんともうします。

____

(2) たなか(田中)さんはいま、だいがっせい(大学生)です。

____

(3) どうもよろしくおねがいします。

____

05. 서 예

　일본의 서예는 중국에서 건너온 한자로 쓰인 「불교경전」을 베끼는 것에서부터 시작되었다. 그리고 헤이안시대에 가나 문자가 발명되자 중국과는 분위기가 다른 가나 서예가 발달했다. 아직 학교제도가 없었던 무렵부터 서예는 주판과 함께 아이들 교육의 중심을 이루어 왔다. 학교의 역할은 데라코야(우리 나라의 서당에 해당)가 맡고 있었다. 기록에 따르면 에도시대에는 무사계급뿐 아니라 서민계급도 문자 해독률이 높았다.

　현재 일본의 학교에서는 「국어」시간에 서예를 가르치고 있으므로, 일본인들 대부분은 붓을 들고 반지(붓글씨를 연습하는데 쓰이는 일본식 종이의 하나)를 앞에 둔 채 「긴장된 시간」을 보낸 경험이 있다고 한다.

혼아미고에쓰

05. あなたは日本人ですか 당신은 일본인입니까

ジア ：あなたは日本人ですか。

カタノ：はい、そうです。

金さんは中国人ですか。

ジア ：いいえ、私は韓国人です。

この方は　日本人ですか。

カタノ：いいえ、中国人です。

単어

あなた：당신, 귀하 / ~さん：~씨 / いいえ：아니오 / はい：네

~ですか?：~입니까? / 韓国人(かんこくじん)：한국인

日本人(にほんじん)：일본인 / 中国人(ちゅうごくじん)：중국인

この：이 / 方(かた)：분

노래
アリラン(아리랑)

アリラン アリラン アラリヨ (아리랑 아리랑 아라리요)

アリラン峠を　越えて　行く (아리랑고개를 넘어간다)

私を　捨てて　行かれる　人は (나를 버리고 가시는 님은)

十里も　行けずに　足が　痛む (십리도 못가서 발병난다)

単어

峠とうげ：고개 / 越えるこえる：넘다 / 行くいく：가다 / 捨てるすてる：버리다

行かれるいかれる：가시다 / 十里じゅうり：십리 / ~も：-도

行けずにいけずに：못가서 / 足あし：발 / ~が：-이/가 / 痛むいたむ：아프다

06. 다도(茶道)

　다도는 일본의 전국시대(16세기 후반)에 센노리큐(千利休 : 1522~91)에 의해 완성된 것이다.「차를 끓인다」는 것은 싸움으로 해가 지고 뜨는 무사들에게는 꼭 필요한, 조용하게 쉴 수 있는 시간을 의미했다. 그 이후 다도는 일본인들의 예의범절 중 하나로 계승되어 왔다.

다도 교습 장면

　지금도 다도를 배우는 사람은 많아, 문화 강좌 등에는 반드시라 해도 좋을 정도로「다도교실」이 마련되어 있다고 한다. 다만, 차를 끓여 내려면 다실(茶室)이라 불리는 특별한 다다미방과 도구가 필요하여, 다도는 일본인들의 일상생활 속에서 점차 그 모습을 찾기 힘든 운명에 처해 있다.

06. 学生ではありません 학생이 아닙니다

カタノ ： あなたは日本人ですか。

ジア ： いいえ、日本人ではありません。

カタノさんは学生ですか。

カタノ ： いいえ、学生ではありません。

私は先生です。では、金さんは。

ジア ： 私は学生です。

단어

あなた : 당신 / ~ですか : ~입니까? / いいえ : 아니오

ではありません : ~이(가) 아닙니다 / 学生(がくせい) : 학생

先生(せんせい) : 선생(님), 스승 / では : 그러면, 그렇다면

やってみましょう: 해 봅시다

1. 다음 일본어 문장 중 틀린 부분을 고쳐 보세요.

(1) 私は日本人がありません。

____

(2) 山本さんもがっせいですか。

____

(3) 私も先生てわありません。

____

(4) ジアさんは会社員ざありません。学生です。

____

2. 다음 문장을 일본어로 작문해보세요

(1) 저는 학생입니다.

____

(2) 아니오, 일본인이 아닙니다.

____

(3) 야마모토씨는 선생님입니다.

____

(4) 지아씨도 회사원이지요?

____

07. 음악

　메이지 시대에 일본에 들어온 서양 음악을 「양악」이라고 하는데 대해, 예로부터 전해내려온 일본의 음악을 호가쿠(국악)라고 한다. 가가쿠(궁중음악), 노가쿠, 속요(folk ballad) 등이 있다. 호가쿠의 특징은 양악의 음계가 7음계임에 비해 5음계인 점, 양악의 리듬이 한 박자의 길이가 일정한 것에 비해 그 길이가 일정하지 않다는 점 등이다. 최근에는 일본 악기의 대표라 할 수 있는 「고토」로 바로크 음악을 연주하는 등, 음악도 색다른 방법으로 즐거움을 자아내고 있다.

고토 연주

전통악기 태고

　레코드에서 CD시대로 넘어가면서 일본에서는 대중음악 CD가 잘 팔리고 있다. 그 중에서도 100만 장 넘게 팔린 히트작도 있습니다. 모두 일본에서 작사 작곡된 일본 가수의 노래이다. 클래식 음악의 경우, 일본에도 교향악단이 많고 각지에서 연주회가 열린다. 또한 해외에서 초청된 음악가의 연주도 자주 볼 수 있다. 그러나 음악 애호가 입장에서는 연주회 입장권이 너무 비싼 것이

불만이라고 한다. 경우에 따라서는 몇 만
것은 국가나 지방 공공단체가 문화면에
큰 도움을 주지 못하고 있기 때문이기도
하다. 그리고 일본에서 태어난 많은 뛰
어난 음악가들이 주로 해외에서 활약하
는 것도 유감스런 일이라고 한다. 도쿄
의 산토리홀과 오사카의 페스티벌홀 같
이 음향효과가 뛰어난 극장에서는 항상
연주회가 열린다.

비주류 음악

07. これは何ですか 이것은 무엇입니까

ジア ： カタノさん、これは 何ですか。

カタノ ： それは 本です。

ジア ： あれは 何ですか。

カタノ ： あれは つくえです。

ジア ： 日本語の 本は どれですか。

カタノ ： 日本語の 本は これです。

단어

これ : 이것 / 何(なん・なに) : 무엇 / それ : 그것 / 本(ほん) : 책

あれ : 저것 / つくえ : 책상 / 日本語の本(にほんごのほん) : 일본어 책

どれ : 어느 것

노래

大きな栗の木の下で (커다란 꿀밤 나무 밑에서)

大きな栗の木の下で (커다란 꿀밤 나무 밑에서)

あなたとわたし (너하고 나하고)

楽しく遊びましょ (즐겁게 놀아봅시다)

大きな栗の木の下で (커다란 꿀밤 나무 밑에서)

大きなりんごの木の下で (커다란 사과나무 밑에서)

あなたとわたし (너하고 나하고)

楽しく遊びましょ (즐겁게 놀아봅시다)

大きなりんごの木の下で (커다란 사과나무 밑에서)

大きな柿の木の下で (커다란 단감나무 밑에서)

あなたとわたし (너하고 나하고)

楽しく遊びましょ (즐겁게 놀아봅시다)

大きな柿の木の下で (커다란 단감나무 밑에서)

┌─ 단어 ─────────────────────────────────────┐

大きなおおきい : 커다란 / 栗くり : 밤 / ~の : -의 / 木き : 나무 / 下した : 밑

~で : -에서 / あなた : 당신 / ~と : 와/과 / わたし : 저/나

楽しいたのしい : 즐겁다 / 遊ぶあそぶ : 놀다 / ~ましょう : -합시다

りんご : 사과 / 柿かき : 감

└──┘

08. 문학

가와바타야스나리

현대 일본 문학은 크게 세 부류로 나눌 수 있다. 첫째는, 일본 문학의 독자성을 표방한 다니자키 준이치로, 가와바타 야스나리, 미시마 유키오 등의 작가들이다. 가와바타야스나리가 『설국』으로 노벨상을 받은 것은 잘 알려진 사실이다. 두 번째는, 세계 문학의 영향을 받아 자신들의 문학을 보편성 있는 것으로 파악하고, 이번에는 바깥 세계를 향해 자신들의 그러한 생각을 표출해 보이려고한 오카쇼헤이, 아베고보, 그리고 1994년 노벨상을 수상한 오에겐자부로와 같은 작가이다. 노벨상 수상 이유로서, 가와바타의 문학이 「일본의 독특한 정서를 묘사하고 있다」고 한다면, 오에의 문학은 「세계적으로 보편성 있는 문제를 제기하고 있다」고 할 수 있다.

세 번째는, 요시모토바나나, 무라카미하루키 등과 같이 현대 일본의 모습을 부분문화적(部分文化的) 입장에서 파악하고 있는 문학이다. 최근에는 순수문학 서적이 팔리지 않는다고 한다. 앞으로 일본 문학이 어떤 방향으로 나아갈 것인지, 흥미롭다.

カタノ ： あなたの部屋はどこですか。

ジア ： 私の部屋はあそこです。

カタノ ： 車庫はどこですか。

ジア ： 車庫はここです。

カタノ ： この部屋は何ですか

ジア ： そこは応接間です。

┌─ 단어 ──────────────────────────────

どこ : 어디 / 部屋（へや） : 방 / ~は : ~은(는) / あそこ : 저기

車庫（しゃこ） : 차고 / ここ : 여기 / この~ : 이~ / そこ : 거기 /

応接間（おうせつま） : 응접실

└─────────────────────────────────────

やってみましょう: 해 봅시다

1. 다음 문장 중에 들어갈 알맞은 조사 및 단어를 보기에서 골
라 넣으세요

┌─────────────────────────────────────
보기 ▶ は、も、ここ、応接間、で、ですか、どこ、こちら、

そこの、車庫、この、あそこ、部屋
└─────────────────────────────────────

(1) (　　　)部屋(　　　)何ですか。 - 이 방은 무엇입니까?

(2) (　　　)は(　　　)ですか。 - 차고는 어디입니까?

(3) 私(　　　)部屋は(　　　)です。 - 제 방은 여기입니다.

(4) 車庫は(　　　)です。 - 차고는 저기입니다.

(5) あなたの(　　　)はどこ(　　　)。 - 당신의 방은 어디입니까?

(6) (　　　)は(　　　)です。 - 거기는 응접실입니다.

09. 미 술

도슈사이샤라쿠의 우키요에

　일본에는 최근들어 미술관이 많이 개관되고 있다. 1970년에서 1991년 사이에 현립, 구립, 동립, 그리고 개인 미술관 등을 합해 전국적으로 822개소 남짓한 미술관이 개관하였다고 한다.

　또한 백화점에도 미술관이 갖춰져 있는 곳이 많은데, 쇼핑을 마치고 들른 손님들로 언제나 만원이다. 일본에 있으면서 세계적인 명화를 볼 수 있다는 것은 매우 멋진 일이다. 일본인의 주거생활이 서양화됨에 따라 그림으로 장식할 공간이 생겨, 거실에 그림이나 판화를 거는 집도 늘고 있다. 일상 공간에서 손쉽게 그림을 장식하는 생활로 인해 미술에 대한 관심도 점점 확대되고 있다.

09. あの 人は だれですか 저 사람은 누구입니까

カタノ : 金さん、あの 人は だれですか。

ジア : あの 人は 私の 母です。

カタノ : その 女の 人は だれですか。

ジア : この 人は 山田さんの お母さんです。

カタノ : あの 男の 人は だれですか。

ジア : あの 人は 私の 父です。

단어

あの~ : 저~ / 人(ひと) : 사람 / だれ : 누구 /

母(はは) : 자신의 어머니를 가리키는 말 / その~ : 그~ / 女(おんな) : 여자

この~ : 이~ / 男(おとこ) : 남자 / 父(ちち) : 자신의 아버지를 가리키는 말

お母さん(おかあさん) : 상대방의 어머니를 가리키는 말

노래

焼き栗節（군밤타령）

風が吹く風が吹くよヨンピョンの海に

(바람이 분다 바람이 불어 연평바다에)

オホオオルサ風が吹くよオルサ良いね

(어허어얼싸 바람이 분다 얼싸 좋네)

ア良いね焼き栗だよ (아 좋네 군밤이요)

エヘラセンユル栗だね (에헤라 생율밤이로구나)

단어

風かぜ：바람 / ~が：-이/가 / 吹くふく：불다 / 海うみ：바다

良いよい：좋다 / ~ね：군/네(회화체말투) / 焼きやく：굽다 / 栗くり：밤

~だ：-이다/다 よ(회화체말투)

10. 영화

    최근 들어서는 영화관에서 영화를 보는 사람이 줄어들어, 지방에서는 문을 닫는 영화관이 늘고 있다고 한다. 도시의 영화관도 평일에는, 인기 있는 영화를 제외하곤, 대개 관람객 수가 적어 썰렁하다. 이에 비해 비디오 대여점은 지방 어느 곳을 가도 한두 군데씩은 꼭 있다. 원하는 시간에 보고 싶은 영화를 즐기는 쪽이 현대인의 생활 스타일에 더 영합하기 때문이다. 비디오뿐만 아니라 TV에서도 매일 다양한 영화가 방영된다. 위성방송에는 특히 영화 프로그램이 많아 「영화를 보려고 위성 방송을 다는」사람도 있을 정도이다. 또 영화 전문 케이블 TV도 있다.

10. それは だれのですか 그것은 누구의 것입니까

カタノ ： それは だれのですか。

ジア ： 私のです。

カタノ ： あれ はだれの かばんですか。

ジア ： 中村さんの かばんです。

カタノ ： これも 中村さんのですか。

ジア ： いいえ、それは 山口さんのです。

단어

それ : 그것 / だれ : 누구 / ~の : ~의, ~의 것 / 私(わたし) : 나, 저

あれ : 저것 / かばん : 가방 / これ : 이것 / ~も : ~도

中村(なかむら)さん : 나카무라씨, 님 / 山口(やま-ぐち) : 야마구치

やってみましょう : 해 봅시다

1. 다음 문장을 일본어로 작문 하시오.

(1) 그것도 지아씨 것입니까?

____

(2) 이것은 지아씨 것이고, 저것은 가타노씨 것입니다.

____

(3) 저것도 제 것입니다.

____

(4) 그것은 누구가방입니까?

____

(5) 다나카씨(中さん)의 가방입니다.

____

11. 일본의 라면

　일본인들은 우동, 메밀국수와 같은 면류(麵類)를 좋아하지만 그 중에서도 특히 라면을 좋아한다. 일본의 라면 가게는 인스턴트 라면을 파는 것이 아니라 생라면(生ラーメン)을 판다. 라면도 수많은 종류가 있으나 그 중에서도 대표적인 것으로 된장(みそ)라면, 간장(しょうゆ)라면, 소금(しお)라면 등이 있고 대체로 일본인들은 매운 맛을 싫어하나 몇 년 전부터는 매운 맛의 라면도 유행하고 있다. 일반적으로 우리에게 잘 알려진 라면으로는 삿뽀로 미소라멘(みそ ラーメン)과 큐슈 하카타 돈코츠라멘(とんこつ ラーメン)이 있다. 가격은 천차만별이나 대략 500円~1000円정도이다. 일본 거리에서 한 집 건너 라면집과 빠칭코(パチンコ)라고 할 정도로 라면집이 많다고 한다.

　[지역별 분류]

　삿포로라멘 : 혹카이도 스타일은 '버터'가 들어가는 조금 진한 타입이며, 미소라멘이 가장 잘 어울린다.

　도쿄라멘　 : 관동 스타일로 닭 뼈로 국물을 내어 깔끔함을 강조한다. 주로 쇼유라멘이나 시오라멘 쪽이 잘 어울린다.

　하카다라멘 : 큐슈라멘이라고도 한다. 돼지 뼈 100%, 또는 돼지 뼈와 닭 뼈를 반반씩 조합하여 설렁탕같이 진한 국물을 낸다. 국물별 분류 중에는 돈고츠(豚骨)타입이 제일 많다.

[국물별 분류]

쇼유라멘   : 간장 맛을 기본으로 한 가장 기본 스타일의 라멘
             이다.

시오라멘   : 야채 육수와 뼈 육수를 섞고 소금 간으로만 맛을
             낸다.

미소라멘   : 육수에 된장을 풀어서 끓인 것으로 구수한 맛을
             낸다.

돈고츠라멘 : 하카다현 특산으로 말 그대로 돼지 뼈를 우린 국
             물에 라멘을 끓인 것이다.

탄탄멘   : 중화풍의 맵고 짭짤한 국물 맛을 낸다.

11. いくらですか 얼마입니까

ジア ： このりんごはいくらですか。

カタノ ： そのりんごは100円です。

ジア ： あの帽子はいくらですか。

カタノ ： あの帽子は1500円です。

ジア ： そのつくえはいくらですか。

カタノ ： このつくえは1万円です。

단어

いくら : 얼마, 몇 / りんご : 사과 / 100(ひゃく) : 백

円(えん) : 엔(일본의 화폐단위) / 帽子(ぼうし) : 모자 / 机(つくえ) : 책상

1500(せんごひゃく) : 천 오백 / 1万円(いちまんえん) : 만엔

机(つくえ) : 책상

노래

丸く丸く (둥글게 둥글게)

丸く丸く　丸く丸く (둥글게 둥글게 둥글게 둥글게)

くるくる　回って　踊りましょう

(빙글빙글 돌아가며 춤을 춥시다)

拍手しながら　歌を　うたい (손뼉을 치면서 노래를 부르며)

ラララ　楽しく　踊りましょう (라라라라 즐겁게 춤을 춥시다)

リンガ　リンガ　リン～ガ　リンガ　リンガ　リン

(링가 링가 링~가 링가 링가 링)

リンガ リンガ リン˜ガ リンガ リンガ リン

(링가 링가 링~가 링가 링가 링)

手に手を取ってみんな一緒に (손에 손을 잡고 모두 다 함께)

楽しく駆け回りましょう (즐겁게 뛰어 봅시다)

12. 온천(温泉)

　일본은 화산 열도이기 때문에 전국 어디를 가도 온천이 있다. 온천의 종류도 다양해서 유황 온천, 나트륨 온천, 탄산 온천, 방사능 온천, 유화수소 온천 등이 있다. 또한 욕탕(風呂)의 형태도 진흙탕(どろ風呂), 모래탕(砂風呂), 노천탕(露天風呂)등 다양하다.

　일본에서 유명한 3대 온천 관광지로는 시즈오카현의 아타미 온천, 큐슈 오이타현의 벳뿌 온천, 와카야마현의 시라하마 온천이 있다. 이 밖에도 효고현 코베시의 아리마 온천, 夏目漱石(나츠메 소세키)의 소설 도련님(ぼっちゃん)의 무대였던 에히메현 마쯔야마시의 도고 온천, 군마현의 쿠사쯔 온천등이 유명하다.

　일반적으로 노천탕(露天風呂)이란 지붕도 없고 주위에 울타리가 쳐져 있지 않은 야외 옥탕을 말하는데 요즈음에는 햇빛을 가리기 위해서 지붕이 있거나 울타리가 있는 노천탕이 많은 편이다. 옛날에는 남녀가 혼욕(混浴)을 하는 노천탕도 많았으나 요즈음은 노천탕이라고 해도 남녀 구분이 되어 있는 곳이 많으며 혼욕(混浴)을 하더라도 여성들은 수영복을 입거나 큰 타월을 두르고 탕에 들어간다. 야외에서 멋진 경치를 보면서 온천을 즐기는 것도 일본 생활의 좋은 추억이 될 수 있겠다.

12. どこにありますか **어디에 있습니까**

ジア ： 鉛筆はどこにありますか。

カタノ ： つくえの上にあります。

ジア ： 山田さんはどこにいますか。

カタノ ： 事務室にいます。

ジア ： 猫はどこにいますか。

カタノ ： 猫は椅子の下にいます。

단어

あります : 있습니다(무생물) / 鉛筆(えんぴつ) : 연필 / 上(うえ) : 위

下(した) : 아래 / います : 있습니다(생물) / 事務室(じむしつ) : 사무실

猫(ねこ) : 고양이 / 椅子(いす) : 의자

やってみましょう 해 봅시다

1. 다음 말들을 연결해서 가장 알맞은 문장으로 만들어 보세요.

(1) 山田さんは　・　　　　　　　・ どこにありますか。

(2) 鉛筆は　　　・　　　　　　　・ 椅子の下にいます。

(3) 猫は　　　　・　　　　　　　・ どこにいますか。

(4) 鉛筆は　　　・　　　　　　　・ つくえの上にあります。

2. 다음 문장을 일본어로 작문해보세요

(1) 고양이는 어디에 있습니까?

____

(2) 고양이는 의자 밑에 있습니다.

____

(3) 연필은 어디에 있습니까?

____

(4) 연필은 책상 위에 있습니다.

____

13. 일본인의 성씨(日本人の苗字)

일본인의 성(姓)은 「일본 성씨 대사전」(1997)에 의하면 약 29만 개 이상이나 된다고 한다. 우리나라 성(姓)이 약 300개, 중국의 성(姓)이 약 500개 정도에 비하면 정말로 엄청난 숫자이다. 그 중 상위 10대 성(姓)이 차지하는 인구 비율은 약 10% 정도, 상위 100대 성(姓)이 차지하는 인구의 비율은 약 22% 정도라고 한다. 옛날에는 무사 계급을 제외한 일반인들은 자신들의 성(姓)이 없었다. 하지만 1875년(明治8年), 메이지 정부는 일반 평민들도 성(姓)을 갖도록 하였다. 갑자기 성(姓)을 만들어야 했던 일반 평민들은 자신들이 살고 있던 지명이나 지형의 특징을 따서 성(姓)을 만들었다 예를 들어 논에 둘러싸인 곳에 살면 田中, 화전민이면 山田, 산 밑에 살면 山下, 강 상류 지역에 살면 川上 등으로 작명하였다.

외국인이 일본인의 성(姓)과 이름을 읽는 것은 쉽지 않기 때문에 처음 만난 사람의 성(姓)과 이름을 어떻게 읽는지 물어 보는 것은 실례가 아니다. 일본인은 결혼을 하면 우리나라와 달리 여자는 남자의 성(姓)을 따르며 만약 데릴사위인 경우는 남자가 여성의 성(姓)을 따르게 된다.

일본인의 상위 10대 성(姓) 씨

1	2	3	4	5
佐藤	鈴木	高橋	田中	渡辺
6	7	8	9	10
伊藤	山本	中村	小林	加藤

13. どこへ 行きますか 어디에 갑니까

ジア ： 今 どこへ 行きますか。

カタノ ： 会社へ 行きます。

ジア ： この パスは どこへ 行きますか。

カタノ ： ソウル駅へ 行きます。

ジア ： 今日 どこへ 行きますか。

カタノ ： 学校へ 行きます。

단어

~へ：~(으)로 / 行(い)きます：갑니다 / 今(いま)：지금

会社(かいしゃ)：회사 / パス：버스 / ソウル：서울(Seoul) / 駅(えき)：역

今日(きょう)：오늘 / 学校(がっこう)：학교

노래

魚釣り(고기잡이)

魚を釣りに海に行こうか (고기를 잡으러 바다로 갈까나)

魚を釣りに川に行こうか (고기를 잡으러 강으로 갈까나)

このビンいっぱいに取って来ようよ

(이 병에 가득히 넣어가지고요)

ラララ ラララ (라라라라 라라라라)

やって来た (온다 야!)

シャシャシャ シュシュシュ (솨솨솨 쉬쉬쉬)

魚を追い込んで (고기를 몰아서)

きれいなこのビンにいっぱいに満たして

(어여쁜 이 병에 가득히 차면은)

先生のところに持って行こうよ (선생님한테로 가지고 온다야!)

ラララ ラララ (라라라라 라라라라)

こんしちは (안~녕)

魚うお : 고기 / ～を : -을/를 / 釣りにつりに : 잡으러 / 海うみ : 바다

行こういこう : 가자 / ～か : -까? / 川かわ : 강 / この : 이 / ビン : 병

いっぱいに : 가득히 / 取ってとって : 잡으러 / 来ようこよう : 오자

よ (회화체말투) / やって来るやってくる : 찾아오다

追い込んで おいこんで : 몰아서 / きれいな : 예쁜 / 満たしてみたして : 채워서

先生せんせい : 선생님 / ～の : -의 / ところ : 곳, 장소 / 持ってもって : 가지고

行こういこう : 가자 / こんしちは : (낮 인사) 안녕

14. 연호(年号)

　일본의 일상생활에서는 서(양)력 보다는 천황의 연호를 더 많이 사용하기 때문에 이 연호에 익숙하지 않은 외국인들은 처음에는 당황스럽다. 하지만 신문, TV 등 대중 매체 뿐만 아니라 구청, 시청 등의 공공기관 서류에서도 널리 사용되기 때문에 알아 두면 일본에서 생활할 때 도움이 될 것이다. 연호란 왕의 재위 연대에 붙이는 칭호로써 일본은 천황이 바뀌면 연호를 새로이 제정해서 쓰고 있다.

　다음 천황들의 연호는 우리나라 근, 현대사와 너무도 깊게 관련이 되어있기 때문에 소개하고자 한다. 明治(메이지:1868~1912)→大正(다이쇼:1912~1926)→昭和(쇼와:1926~1989)→平成(헤이세이:1989~　) 그리고 천황의 명칭은 이 연호를 붙여서 쇼와천황, 헤이세이 천황이라고 부르며 새 천황이 즉위한 해를 원년(元年)이라고 부른다.

　서(양)력을 쇼와(昭和)나 헤이세이(平成)의 연호로 바꾸는 것은 어렵지 않다. 쇼와(昭和)의 경우는 서(양)력 숫자에서 25를 빼면 되고 헤이세이(平成)의 경우는 88(서울 올림픽 개최 연도)을 빼면 된다. 예를 들어 1980년생은 쇼와(昭和) 50년생, 서기 2005년은 헤이세이(平成) 17년이 된다.

14. 大きいですか **큽니까**

> ジア ： その靴は大きいですか。
>
> カタノ ： はい、大きいです。
>
> ジア ： その本はおもしろいですか。
>
> カタノ ： はい、とてもおもしろいです。
>
> ジア ： 今日は暑いですか。
>
> カタノ ： いいえ、暑くありません。涼しいです。

단어

大(おお)きい : 크다 / 靴(くつ) : 구두 / おもしろい : 재미있다

とても : 매우, 굉장히 / 暑(あつ)い : 덥다 / ˚くありません : ~지 않습니다

涼(すず)しい : 서늘하다, 시원하다

やってみましょう: 해 봅시다

1. 다음 문장을 알맞게 바꿔보세요.

(1) その本はおもしろい。

　　그 책 재미있어요? → ________________________________

(2) はい、とてもおもしろい。

　　예, 정말 재미있어요. → ________________________________

(3) 今日は暑い。

　　오늘 더워요? → ________________________________

(4) いいえ、今日は暑い。

　　아니오, 오늘은 덥지 않아요. → ____________________

2. 다음 문장에서 틀린 부분을 고치시오.

(1) 今日は涼しですか。

____

(2) いいえ、涼しいではありません。

____

(3) 大き靴はこれですか。

____

(4) はい、大きです。

____

제5부
일본의 연중행사와
생활일본어

제5부. 일본의 연중행사와 생활 일본어

    일본은 봄·여름·가을·겨울, 계절의 변화가 뚜렷하다. 그 계절에 맞게 쌀농사를 비롯한 농업이 발달해 왔다. 일본의 연중행사는 사계절 변화 및 농업생활에 뿌리를 둔 신앙과 관련되어 있는 것이 많다. 일본에서는 계절이 바뀜에 따라 특정한 행사가 질서 있게 매년 반복되어 치러진다. 현대 일본사회의 연중행사는 오랜 관습과 제도 속에 내려온 민속적인 것과 사회의 변화에 따라 바뀌는 풍속적인 것이 잘 조화를 이루고 있다.

    일본의 국경일(祝日)에 관한 법률에 의하면 국경일이 일요일과 겹치면 그 다음 날인 월요일에 쉬고 국경일과 국경일 사이에 끼는 평일은 '국민의 휴일'로 정해 쉬게 되어 있다. 또한 성인의 날, 바다의 날, 체육의 날과 같은 국경일을 월요일로 정해놓아 일본이 모든 학교나 회사, 공공기관들은 토요일, 일요일을 쉬기 때문에 이 때는 3일 연휴가 된다. 특이한 점은 천황의 생일, 춘분, 추분 등이 국경일이라는 점이다. 2007년 1월 1일부터 4월 29일의 「みどりの日」가 「昭和の日」로, 5월 4일은 '국민의 휴일'에서 「みどりの日」로 국경일 명칭이 바뀌었다. 표로 제시하면 다음과 같다.

명칭	월일	명칭	월일
元日	1월 1일	海の日	7월 셋째 월요일
成人の日	1월 둘째 월요일	敬老の日	9월 셋째 월요일
建国記念の日	2월 11일	秋分の日	추분
春分の日	춘분	体育の日	10월 둘째 월요일
昭和の日	4월 29일	文化の日	11월 3일
憲法記念の日	5월 3일	勤労感謝の日	11월 23일
みどりの日	5월 4일	天皇誕生日	12월 23일
こどもの日	5월 5일		

15. 설날(正月)

한해의 첫날인 설은 연중행사 중에서도 가장 중요하다. 설은 한해의 신(神)을 맞이하는 행사로서, 이것이 잘 이루어지지 못하면 그 해가 불행해진다고 믿고 있다. 집 대문 앞에는 가도마쓰를 세우고, 도코노마에 가가미모치(신불에 바치는 떡)를 바치고, 오세치료리(설날 음식)를 만드는 것은, 모두 그 해의 신을 맞이하기 위한 행사이다.

■ 가도마쓰(소나무 장식)

가도마쓰는 상록수인 소나무와 생명력이 강한 대나무를 얽어맨 것으로, 건강과 장수를 기원하기 위한 것이다. 최근에는 아파트에 사는 사람들이 늘고 있어 가도마쓰를 세우는 집은 드물어졌다. 그러나 호텔이나 백화점, 회사 등의 현관에는 커다란 가도마쓰가 세워져 도시의 새해를 장식한다.

■ 오세치료리(설날음식)

옛날에는 어느 집이고 설을 위해 오세치료리를 만들었지만, 최근에는 백화점 식료품 매장에서도 살 수 있게 되었다. 오세치료리는 오래 보존할 수 있도록 단맛을 많이 내서, 젊은이들에게는 그다지 인기가 없다. 음식물에 대한 기호의 변화와 냉장고의 보급에 따라 오세치료리는 점차 모습을 감추어가는 추세이다.

오세치요리

■ 시메카자리(금줄장식)

악귀를 쫓기 위해서 집안 여기저기에 시메카자리를 친다. 이것은 인간에게 재앙을 가져오는 악귀가 들어오지 못하도록 하는 주문의 의미를 가지고 있다. 요즘에는 이 시메카자리를 집안뿐 아니라 자동차나 오토바이에도 달아 교통사고가 일어나지 않도록 빌기도 한다. 근대적인 생활의 상징인 자동차와 가장 전통적인 시메카자리의 조화는 일본인 의식의 한 단면을 나타내는 듯 하다.

■ 히쓰모데(참배)

원단(元旦)에는 신사나 절에 하쓰모데를 간다. 도쿄의 메이지진구나 오사카의 스미요시타이샤 등에는 300만 명이 넘는 사람들이 몰려든다. 1월 3일까지는 기업도 관공서도 휴무이다. 정월은 온가족이 모이는 때이다. 결혼하여 집을 떠난 아들, 딸들이 손자를 데리고 고향에 돌아와 가족 모두가 하쓰모데를 떠나는 광경을 일본 각지에서 볼 수 있다.

■ 오토시다마(세벳돈)

오토시다마는 신에게 바치고 남은 것을 나누어 준 것이 시초이다. 요즘 아이들은 「설날은 오토시다마 받는 날」로 알고 있고, 오토시다마로 예금계좌를 여는 아이마저 있을 정도이다. 문구점에서는 「세벳돈 주머니」를 판다.

■ 연하장

연하장

원단에는 연하장이 온다. 「연하특별우편」제도는 1906년에 시작되었다. 그 후 이 제도는 제2차 세계대전 중, 그리고 또 한때 중단되었지만 지금까지 이어져 왔으며, 40억 장에 이르는 연하장이 연초 며칠 동안 일본 각지로 배달된다. 판화와 삽화 등 재미있는 것도 많아 연하장은 설의 즐거움 가운데 하나이다. 「연하장 사교」라는 말이 있듯이, 나이가 들어도 초등학교 시절 친구들과 연하장을 주고받는 사람도 많이 있다. 연하장은 소원해지는 인간관계를 묶어 주는 중요한 역할을 하고 있는 것이다.

■ 놀이

  설날 놀이로는, 이제는 점차 사라져 가는 남자 아이들의 연날리기, 여자 아이들의 하네쓰키(배드민턴과 비슷한 일본의 전통놀이)가 있다. 가루타토리(트럼프와 비슷한 전통놀이)는 전통적인 놀이로서 지금도 행해지고 있다.

가루타 놀이

15. 静かですか **조용합니까**

> ジア ： この　部屋は　静かですか。
>
> カタノ ： いいえ、あまり　静かでは　ありません。
>
> ジア ： あの　公園は　きれいですか。
>
> カタノ ： はい、とても　きれいです。
>
> ジア ： あなたは　どんな　果物が　いちばん　好きですか。
>
> カタノ ： 私は　りんごが　いちばん　好きです。

단어

静（しず）かだ：조용하다 / あまり：별로, 그다지

（きれい）だ：예쁘다, 깨끗하다 / 公園（こうえん）：공원

果物（くだもの）：과일 / いちばん：제일, 가장 / ～が好きだ：～을(를) 좋아하다

노래

近所いっ周 （동네한바퀴）

．　　　　．

みんな一緒に廻ろう近所いっ周 (다 같이 돌자 동네 한바퀴)

朝早く起きて近所いっ周 (아침 일찍 일어나 동네 한바퀴)

私たちに朝顔が挨拶します (우리 보고 나팔꽃 인사합니다)

私たちも挨拶して近所いっ周 (우리도 인사하며 동네 한바퀴)

ぶち犬も一緒に近所いっ周 (바둑이도 같이 돌자 동네 한바퀴)

みんな : 모두 / 一緒にいっしょに : 함께 / 廻ろうまわろう : 돌자

近所きんじょ : 근처 / いっ周いっしゅ : 한바퀴 / 朝あさ : 아침

早くはやく : 일찍, 빠르게 / 起きておきて 일어나다

私たちわたしたち : 우리들 / ~に : -에게 / 朝顔あさがお : 나팔꽃 / ~が : -이/가

挨拶しますあいさつします : 인사합니다 / ~も : -도 / ぶち犬ぶちいぬ : 바둑이

16. 성인의 날

　1월 둘째 주 월요일은 20세가 된 젊은이들이 옷을 잘 차려 입고 성인식에 참석하여 선거권을 얻어 어른으로 인정받는다. 음주와 흡연도 20세부터는 가능하다. 일본에서 「기모노 차림이 보고 싶다」면 설날과 「성인의 날」이 더없이 좋은 기회가 될 것이다. 20세가 된 여성들이 이 날 처음으로 기모노 차림으로 걷는 모습을 볼 수 있다. 대부분의 여성들이 이 날 처음 기모노를 입어 보는데, 미용실은 옷단장하러 온 여성들로 초만원이다. 20세 전까지는 범죄를 저질러도 신문이나 잡지 대중매체에서 「소년 A」와 같이 표현하지만, 20세부터는 각자가 어른으로서 실명이 거론되며 자신의 행위에 책임을 지게 된다는 의미의 「성인식」을 거행하는 것이다.

성인의 날 옷차림

성인식

16. 何時ですか 몇 시입니까

ジア　：今 何時ですか。

カタノ　：11時　5分です。

ジア　：何時に 起きますか。

カタノ　：朝 6時半に 起きます。

ジア　：何時に 寝ますか。

カタノ　：夜 12時に 寝ます。

단어

何時(なんじ)：몇 시 / 11時　5分(じゅういちじごぶん)：11시 5분

起(ず)きます：일어납니다 / 朝(ぁさ)：아침 / 6時半(ろくじはん)：6시 반

寝(ね)ます：잡니다 / 夜(よる)：밤

やってみましょう: 해 봅시다

1. 다음 문장 중에 들어갈 알맞은 수사 및 단어를 보기에서 골라 넣으세요

> 보기 ▶ なんじ、 じゅういち、 じゅうに、 ご、 ろく、
> に、 はん、 今、 朝、 夜、 起き、 寝

(1) 何時に (　　　)ますか。 - 몇 시에 일어납니까?

(2) (　　　) (　　　)に 起きます。 - 아침 6시반에 일어납니다.

(3) 何時(　　　)(　　　)ますか。- 몇 시에 잡니까?

(4) (　　　) 12時(　　　) 寝ます。- 밤 12시에 잡니다.

(5) (　　　) 何時ですか。- 지금 몇 시 입니까?

(6) (　　　)(　　　)です。- 11시5분입니다.

 일본의 풍경

17. 세쓰분(節分, 입춘 전날 밤)

　입춘 전날 밤인 2월 3일에는 「세쓰분」이라 하여 콩을 뿌립니다. 「악귀는 물러가고, 복은 들어와라」하고 외치며 볶은 콩을 뿌린다. 여기에는 봄을 맞이하기 전에 나쁜 것을 털어내고 행운을 맞이한다는 의미가 있다. 세쓰분은 원래 춘하추동의 경계에 해당하는 입춘, 입하, 입추, 입동을 가리키는 것이었다. 그 가운데 봄의 세쓰분만 이 연중행사로 남은 것이다.

　전통적인 연중행사 중에서도 아이들에게 인기 있는 것이 이 세쓰분이라고 한다. 일본인이라면 누구나 괴물 탈을 쓴 아버지를 향하여 콩을 뿌린 기억이 있을 것이다. 유치원이나 초등학교에서는 세쓰분이 다가오면 미술 시간에 괴물탈을 만든다. 세쓰분에는 알기 쉬운 메시지가 담겨 있는 만큼 평소와 달리 「온 가족이 함께 논다」는 의미가 있는데, 이것이 바로 언제나 인기 높은 연중행사로 남아 있는 비결 같다. 각지의 신사와 절에서도 콩 뿌리기 행사를 치른다.

세쓰분(節分)

17. ところで `どちらへ 그런데, 어디 가세요

ジア ： おはよう ございます。

カタノ ： おはよう ございます。いい 朝ですね。

ジア ： ほんとうに。ところで、どちらへ。

カタノ ： ちょっと スーパーへ 買い物に。金さんは。

ジア ： あ、私は ちょっと 散歩に。

단어

おはようございます : 아침인사 / いい : 좋다, 좋은 / 朝(あさ) : 아침

散歩(さんぽ) : 산책 / スーパー : 슈퍼마켓(Supermarket)

買(か)い物(もの) : 쇼핑 / ~に : ~하러 / ところで : 그런데

노래

灯台守り(등대지기)

凍り付いた月の影波の上に満ちて

(얼어붙은 달 그림자 물결 위에 차고)

真冬に荒波集める小さな島

(한 겨울에 거센 파도 모으는 작은 섬)

考えてみてあの灯台を守る人の

(생각하라 저 등대를 지키는 사람의)

偉大で美しい愛の心を (거룩하고 아름다운 사랑의 마음을)

凍り付いたこおりついた：얼어붙은 / 月つき：달 / 〜の：-의 / 影かげ：그림자

波なみ：파도 / 上うえ：위 / 〜に：-에 / 満ちてみちて：차고/넘치고

真冬まふゆ：한겨울 / 荒波あらなみ：거친 파도 / 集めるあつめる：모으다

小さなちいさな：작은 / 島しま：섬 / 考えてみてかんがえてみて：생각해봐

あの：저 / 灯台とうだい：등대 / 〜を：-을/를 / 守るまもる：지키다

人ひと：사람 / 偉大でいだいで：위대하다 / 美しいうつくしい：아름답다

愛あい：사랑 / 心こころ：마음

18. 밸런타인데이

2월 14일은 여성이 자기가 좋아하는 사람에게 사랑을 고백하는 날이다. 일본에서는 여성이 남성에서 초콜릿을 선물하는 날로서 백화점의 초콜릿 매장은 큰 혼잡을 겪는다. 이 날부터 한 달 뒤인 3월 14일은 화이트 데이라고 해서 남성이 여성에게 그 답례를 하는 날이다. 이날 역시 초콜릿이나 사탕을 주고 받는다.

18. たいへん暑くなりましたね 매우 더워졌죠

ジア ： このごろ たいへん 暑く なりました。

カタノ ： 真夏ですから、仕方が ないでしょう。

ジア ： でも、あまり 暑くて たまらない ほどですよ。

カタノ ： 金さんは 夏まけする みたいですね。

ジア ： ええ、なんとなく 元気はないんです。

단어

たいへん : 몹시, 매우 / 真夏(まなつ) : 한여름, 성하

仕方(しがた)がない : 할 수 없다 / ～て たまらない : ～해서 견딜 수 없다

夏(なつ)まけ : 여름을 탐 / なんとなく : 왠지 모르게, 어쩐지

やってみましょう 해 봅시다

1. 다음 말들을 연결해서 가장 알맞은 문장으로 만들어 보세요.

(1) 仕方が　　　　　·　　　　　· なりました。

(2) たいへん 暑く ·　　　　　· ないんです。

(3) 暑くて　　　　·　　　　　· ないでしょう。

(4) 元気は　　　　·　　　　　· たまらない ほどですよ。

2. 다음 문장을 일본어로 작문해보세요

(1) 더위를 먹은 것 같아요.

____

(2) 왠지 기운이 없어요.

____

(3) 한여름이니까, 달리 방법이 없네요.

____

(4) 더워서 견딜 수가 없을 정도에요.

____

(5) 요즘 엄청 더워졌어요.

____

19. 히나마쓰리(3월 3일)

이 행사에는 여자아이가 건강하게 자라도록 기원하는 의미가 있다. 빨간색 단에 히나인형을 장식한다. 맨 윗단에는 다이리비나(왕과 왕비를 본떠 만든 인형), 그 다음 단에 산닌칸조(궁녀 모습의 세 인형), 세 번째 단에는 고닌바야시(악기를 연주하는 다섯 인형)를 놓는데, 백화점에서는 2월부터 7, 8 단이나 되는 히나인형을 팔기도 한다. 원래 히나마쓰리는 중국에서 건너온 것인데, 히나인형을 장식하게 된 것은 에도시대부터이다. 3월 3일과 4일 이틀에 걸쳐

히나마쓰리

서는 「나가시비나」라고 해서 히나인형을 강이나 바다에 흘려보내는 풍습이 있다. 와카야마현과 돗토리현의 나가시비나는 일본에서도 유명하다. 히나단은 일찍부터 장식하고 3월 3일이 지나면 바로 치워버린다. 장식한 채 오래있으면 「시집가는 것이 늦어진다」고 하기 때문이다. 그러나 여성의 생활방식이 다양해지고 「시집가는」것에 대해 그다지 가치를 부여하지 않게 된 지금에 와서는 이 같은 이야기도 무의미해진 듯하다.

19. 何に なさいますか **무엇으로 하시겠습니까**

　　店員 : いらっしゃいませ。何に なさいますか。

　　カタノ : 親子どんぶりは すぐ できますか。

　　店員 : 申し訳 ございません。少し 時間が かかりませすが。

　　カタノ : そうですか。それなら そばを ください。

いらっしゃいませ : 어서 오십시오

親子井(おやこどんぶり) : 닭고기 계란 덮밥 / すぐ : 곧, 바로

できる : 되다, 이루어지다 / 申(もう)し訳(わけ) ございません : 죄송합니다

それなら : 그러면

노래

故郷の春(고향의 봄)

私の住んでいた故郷は花咲くやま里

(나의 살던 고향은 꽃피는 산골)

桃の花杏の花かわいいつつじ(복숭아꽃 살구꽃 아기 진달래)

色とりどりに花園で飾られた里(울긋불긋 꽃대궐 차린 동네)

その中で遊んでいた時がなつかしい

(그 속에서 놀던 때가 그립습니다)

花の里鳥の里私の昔の故郷(꽃동네 새 동네 나의 옛 고향)

青い野原に南から風が吹けば(파란들 남쪽에서 바람이 불면)

小川に柳らがおどる里(냇가에 수양버들 춤추는 동네)

その中で遊んでいた時がなつかしい

(그 속에서 놀던 때가 그립습니다)

단어

私わたし：나 / 住んでいたすんでいた：살고 있다 / 故郷ふるさと：고향

~は：-은/는 / 花はな：꽃 / 咲くさく：피다 / やま里やまざと：산골

桃の花もものはな：복숭아꽃 / 杏の花あんずのはな：살구꽃

かわいい：귀엽다 / つつじ：진달래 / 色とりどりにいろとりどりに：채색되어

花園かえん：화원 / ~で：-에서 / 飾られたかざられた：장식되다

里さと：동네 / その：그 / 中なか：가운데/속 / で：에서

遊んでいたあそんでいた：놀았다 / 時とき：때 / なつかしい：그립다

鳥とり：새 / 昔むかし：옛날 / 故郷ふるさと：고향 / 青いあおい：푸르다

野原のはら：들판 / ~に：-에 / 南みなみ：남쪽 / ~から：-에서 / 風かぜ：바람

吹けばふけば：불면 / 小川おがわ：작은 냇가 / 柳らやなぎら：수양버들

おどる：춤추다

20. 졸업식·입학식

유치원 입학식

3월 20일을 전후해 여기저기서 졸업식이 거행된다. 일본에서는 재정 회계연도나 학교, 회사가 모두 4월에 시작하여 다음 해 3월에 끝난다. 유치원, 초중고교, 대학 졸업생들에게 4월은 새로운 인생이 시작되는 달이다. 4월의 활짝 핀 벚꽃나무 아래에서 입원식, 입학식, 입사식 등이 치러진다. 새 책가방을 맨 초등학생, 익숙하지 않은 제복을 입은 중고생, 새로 맞춘 양복 차림의 신입사원 등 일본은 새롭게 출발하는 사람들로 가득 찬다. 졸업식과 입학식은 평일에 이루어지기도 해 어머니가 참석하는 경우가 많은데, 아이가 여럿인 어머니에게 3,4월은 매우 바쁜 달이다. 최근에는 육아와 교육에 아버지가 참여하는 가정이 많이 생겨, 이런 날에 아버지의 모습이 눈에 띄기도 한다.

20. お勘定を お願いします 계산 부탁드립니다

カタノ ： お勘定を お願いします

店員 ： ありがとう ございます。1,500円に なります。

カタノ ： すみませんが、1万円で お願いします。

店員 ： はい、1万円を あずかりします。8,500円の お返し
に なります。

단어

勘定(かんじょう)：계산, 셈 / お願(ねが)いします：부탁합니다

~になる：~으로(이) 되다 / おあずかりします：받았(겠)습니다

お返(かえ)し：거스름돈 / ~で：~으로

やってみましょう：해 봅시다

1. 다음 문장 중에 들어갈 알맞은 수사 및 단어를 보기에서 골
라 넣으세요

보기▶ せんごひゃく、えん、はっせんごひゃく、いちまん、

おかえし、おかんじょう、で、ありがとう、

あずかり、お願い

---

(1) ( )円に なります。- 8,500엔이 됩니다.

(2) ( )円の ( )に なります。- 1,500엔 거스름돈입니다.

(3) ( ) ございます。- 고맙습니다.

(4) はい、1万(　　)を(　　)します。- 예, 만엔 받았습니다.

(5) (　　)を(　　)します。- 8,500엔 계산하겠습니다.

(6) すみませんが、(　　)円(　　)(　　)します。- 저기요, 만
엔으로 계산해주세요.

21. 단고노셋쿠(5월 5일)

　5월은 신록의 계절이다. 5월 5일은 달력상으로는 「어린이 날」로 남자아이, 여자아이 모두를 축하하는 날인데, 원래는 단고노셋쿠라 하여 남자아이의 성장을 축하하는 날이었다. 신록 아래에서 고이노보리(천이나 종이로 만든 잉어)가 펄럭이고 남자아이가 있는 집에서는 「무사인형」을 장식한다. 창포를 목욕물에 넣은 「창포탕」에는 「승부에 강해지도록」한다는 의미가 담겨 있다. 4월 29일이 「미도리노히(식목일)」, 5월 3일은 「헌법기념일」, 5월 4일은 「국민휴일」등으로, 토요일, 일요일까지 합하면 상당기간 휴가를 즐길 수 있어, 설날과 오본 다음으로 어른, 아이 할 것 없이 기다리는 휴일이다. 이 기간은 골든위크(Golden Week)라 하여 일본 각지의 유원지는 어디나 만원이다.

고이노보리 연

21. どのくらい かかりますか 얼마나 걸립니까

カタノ： 金さん、ここから 学校までは どのくらいですか。

ジア： 4キロぐらいです。

カタノ： ちょっと 遠いですね。じゃ、車では どのくらい

かかりますか。

ジア： そうですね。10分ぐらいです。

단어

どのくらい：얼마나 / かかる：(날짜・시간등이)걸리다, 비용따위가 들다

10分(じっぷん)：10분 / ~から~まで：~부터~까지 / キロ：(km)킬로미터

~く(ぐ)らい：~쯤, 정도

노래

こいのぼり(잉어연)

やねより高いこいのぼり (지붕보다 높은 잉어연)

おおきいまごいはおとうさん (커다란 검은 잉어는 아빠)

ちいさいひごいは子供たち (쬐그만 빨강 잉어는 아이들)

おもしろそうに泳いでる (재미있게 헤엄치고 있네)

단어

やね：지붕 / より：보다 / 高いたかい：높다 / こいのぼり：잉어연

おおきい：크다 / まごい：검은 잉어 / は：은/는 / おとうさん：아빠

ちいさい：작다 / ひごい：빨강 잉어 / 子供たちこどもたち：아이들

おもしろい：재미있다 / そうに：~처럼 / 泳ぐおよぐ：헤엄치다

---

22. 다나바타(칠월 칠석)

7월 7일은 다나바타이다. 은하수
를 사이에 두고 동과 서로 갈려 있
는 견우성과 직녀성이 1년에 한 번
만난다는 중국의 전설이 있다. 다나
바타는 이 이야기와 일본 전래의 풍
습이 섞인 것이다. 다나바타의 역사
는 오래되어서, 『만요슈』(일본에서 가
장 오래된 노래집)에는 100가지 이상
의 다나바타 노래가 실려 있다.

왕조 복장을 한 아오이마쓰리(葵祭り) 행렬

에도 시대에 다나바타는 다섯 명절(1월 7일, 3월 3일, 5월 5일, 7월 7
일, 9월 9일) 중 하나로 에도 막부의 공식 행사였다. 히로시게(일본
의 풍속화가)의 「명소에도 백경」에는 에도 (지금의 도쿄) 거리의 집집
마다 조릿대가 장식되어 있는 모습이 그려져 있다. 그 뒤 1873년,
공식 행사로서의 다나바타가 폐지되고 나서 점차 소규모의 마쓰
리로 바뀌었다.

그러나 지금도 다나바타 무렵이 되면, 문구점에서는 단자쿠(소
원을 적어 대나무에 매어다는 종이)를 팔고 꽃가게에서는 대나무를 판
다. 유치원과 초등학교 저학년에서는 미술 수업 시간에 다나바
타 장식물을 만든다. 대나무에 「~을 가지고 싶다」라든지 「~이 되
고 싶다」는 등의 바램을 쓴 단자쿠를 매단다. 옛날에는 집집마다
처마 끝에 단자쿠를 매달았는데, 맨션이나 아파트에 사는 사람이
많은 도시에서는 베란다에 장식하는 것이 고작이다.

센다이와 히라쓰카의 다나바타는 유명하여, 상점가의 장식은 해를 거듭할수록 화려해지고 있다. 원래는 음력 7월 7일에 치렀으므로, 지금도 한 달 늦게 행사하는 지방이 많은 것 같다. 7, 8월에 걸쳐서는 마쓰리가 많아, 후쿠오카의 하카타야마가사, 교토의 기온 마쓰리, 오사카의 텐진 마쓰리, 아오모리의 네부타 마쓰리 등 유명한 마쓰리가 이어진다. 또한 여름철 풍물로서 각지에서 불꽃놀이가 펼쳐지는데, 특히 도쿄의 스미다가와의 불꽃놀이가 유명하다.

22. りんごが 好きです 사과를 좋아합니다

カタノ： どんな 果物が 好きですか。

ジア： 私は りんごが 好きです。

カタノ： そうですか。それだは、野菜と 肉では 何が 好きです
か。

ジア： 野菜は 何でも 好きですが、肉は あまり 好きでは
ありません。

단어

りんご：사과 / が 好(す)きです：~을(를) 좋아합니다 / 果物(くだもの)：과일

野菜(やさい)：야채 / 肉(にく)：고기 / ~と：-와/과

あまり：별로 / ~では ありません：~하지 않습니다

やってみましょう: 해 봅시다

1. 다음 문장을 알맞게 바꿔보세요.

(1) どんな 果物が 好きだ。

어떤 과일을 좋아하세요? → _______________________

(2) 野菜は 何でも 好きだ。

야채는 뭐든지 좋아해요. → _______________________

(3) それでは 肉は 好きだ。

그러면 고기는 좋아하세요? → _______________________

(4) 肉は あまり 好きだ。

고기는 그다지 좋아하지 않아요. → _______________________

2. 다음 문장에서 틀린 부분을 고치시오.

(1) 野菜は 何も 好きですが、肉は あまり 好きは ありません。

____

(2) どんな 果物を 好きですか。

____

(3) それだは、肉は 何を 好きですか。

____

(4) 私では りんごが 好きます。

____

23. 오본

  8월 15일 전후는 오본으로, 이는 불교 행사와 돌아가신 조상을 모셔 생활의 번영을 기원한다는 일본의 독특한 풍습이 결합된 것이다. 오본에는 생가에 내려가 성묘를 하는 사람도 많다. 이 시기는 절이나 공원묘지의 주차장은 어디나 만원이다. 성묘길에 오랜만에 친척과 인사를 나누기도 하고, 묘소에는 꽃을 곶아 조상을 위해 공양을 한다. 이 시기에 「오본휴가」를 마련하는 회사가 많아 철도와 비행기는 귀성길 가족들로 초만원이다. 각지에서 본오도리(오본 때 추는 춤)를 추는데, 유카타(여름철 홑옷) 차림의 사람들이 중앙에 세워진 높은 대(臺) 주위에서 원을 이루어 춤을 춘다. 최근에는 도시의 공동주택 단지에서도 본오도리를 춘다. 지역 공동체의식을 높인다는 의미에서도 뜻 깊은 여름철 행사이다.

23. お久しぶりですね **오래간만 이네요.**

　　　ジア： ああ、カタノさん。お久しぶりですね。

　カタノ： あら、金さん。お久しぶり。

　　　ジア： お元気ですか。

　カタノ： はい、おかげさまで元気です。金さんは。

　　　ジア： ぼくも元気ですよ。

　カタノ： ところで金さん、学校の方はどうですか。

　　　ジア： けっこう楽しいですよ。

　カタノ： 学校は何時から何時までですか。

　　　ジア： 朝9時から午後2時までです。田中さんの会社は。

　カタノ： 私の会社は朝8時半から夜7時までです。

　　　ジア： ああ、そうですか。大変ですね。

┌ 단어 ─

ひさ(久)しぶり **오래간만** / ~ね (종조사) **~군요, ~지요** / ああ **아! (감탄사)**

あら **어머(감탄사)** / げんき (元気) **원기, 기운, 건강** / おかげさまで **덕분에, 덕택에**

ぼく **나(남성어)** / ~よ (종조사) **~예요, ~요** / ところで **그런데(화제를 바꿀 때)**

(学校) **학교** / ほう(方) **쪽, 편** / どうですか **어떻습니까?**

けっこう **꽤, 제법, 상당히** / たの(楽)しい **즐겁다** / なんじ(何時) **몇시**

~から **~(에서)부터** / ~まで **~까지** / あさ(朝) **아침** / くじ(9時) **9시**

ごご(午後) **오후** / にじ(2時) **2시** / かいしゃ(会社) **회사** / はちじ(8時) **8시**

はん(半) **반** / よる(夜) **저녁, 밤** / しちじ(7時) **7시**

たいへん(大変)だ **힘들다, 큰일이다**

1. 정중의 접두어 : お/ご
2. ~から~まで : ~(에서)부터 ~까지　〈조사〉
3. ~ね/~よ : ~군요, ~지요/~예요, ~요　〈종조사, 회화체〉

노래

四季の歌(사계절 노래)

春を愛する人は心清き人

(봄을 사랑하는 사람은 마음이 맑은 사람)

すみれのようなぼくの友達 (제비꽃같은 나의 친구처럼)

夏を愛する人は心強き人

(여름을 사랑하는 사람은 마음이 강한 사람)

岩を砕く波のようなぼくの父親

(바위를 부수는 파도 같은 나의 아빠처럼)

秋を愛する人は心深き人

(가을을 사랑하는 사람은 마음이 깊은 사람)

愛を語るハイネのようなぼくの恋人

(사랑을 이야기하는 하이네와 같은 나의 연인처럼)

冬愛する人は心広き人

(겨울을 사랑하는 사람은 마음이 넓은 사람)

雪を溶かす大地のようなぼくの母親

(눈을 녹이는 대지같은 나의 엄마처럼)

단어

春はる：봄 / ～を：-을/를 / 愛するあいする：사랑하다 / 人ひと：사람

～は：-은/는 / 心こころ：마음 / 清いきよい：맑다 / すみれ：제비꽃

～のような：-와 같은 / ぼく：나 / 友達ともだち：친구 / 夏なつ：여름

強いつよい：강하다 / 岩いわ：바위 / 砕くくだく：부수다 / 波なみ：파도

父親ちちおや：아빠 / 秋あき：가을 / 深いふかい：깊다

語るかたる：이야기하다 / ハイネ：하이네 / 恋人こいびと：연인

冬ふゆ：겨울 / 広いひろい：넓다 / 雪ゆき：눈 / 溶かすとかす：녹이다

大地だいち：대지 / 母親ははおや：엄마

24. 오쓰키미(중추명월, 9월 15일경)

　일본은 오랜 옛날, 농경사회가 주를 이루었으므로 달을 기준으로 삼아 월일을 계산하는 음력을 사용하였다. 1일을 초승달, 15일은 보름달이다. 지금은 태양력을 쓰고 있으므로 매년 오쓰키미 날짜가 다르다.

　음력 8월 15일에 보름달을 바라보는 풍습은 헤이안시대에 중국 당나라에서 전해졌다고 한다. 일본에서는 만요슈시대부터, 달이 차고 이지러지는 것은 부활과 불사(不死)의 상징으로 여겨 왔다. 또한 『다케토리이야기』에 실린 「가구야히메」가 음력 보름날 밤에 달나라로 돌아간다는 특별한 의미를 가진다는 사실을 알 수 있다.

24. いくらですか 얼마에요?

店員：いらっしゃいませ。

ジア：あの、すみません。この赤いかばんいくらですか。

店員：それですね。九千円です。

ジア：高いですね。では、その黒い帽子は。

店員：三千円です。これは今、流行のデザインですよ。

ジア：じゃ、このかばんとその帽子、一つずつください。全
部いくらですか。

店員：一万二千円です。

ジア：はい、二万円でお願いします。

店員：はい、八千円のお返しです。毎度ありがとうございま
す。また、どうぞ。

ジア：はい、どうも

단어

いくら 얼마 / てんいん(店員) 점원 / いらっしゃいませ 어서 오십시오

あの(う) 저(어) / すみません 미안합니다, 여보세요 / この (연체사) 이

あか(赤)い 빨갛다 / それ 그것 / えん(円) 엔 (일본의 화폐단위)

たか(高)い 비싸다, 높다 / では 그러면, 그럼 / その (연체사) 그

くろ(黒)い 검다, 까맣다 / ぼうし(帽子) 모자 / これ 이것

りゅうこう(流行) 유행 / デザイン 디자인 / じゃ 그럼 / ~と ~와/과

ひとつ 하나, 한 개 / ~ずつ ~씩 / ください ~で (사정, 상태) ~으로(서), ~에, ~해서

ぜんぶ(全部) 전부 / おかえ(返)し 거스름(돈) / まいど(毎度) 매번, 항상

ありがとうございます 감사합니다 / また 또, 다시 / どうも 고마워요

また、どうぞ 또 오십시오

문법내용

1. この　　その　　あの　　どの　　　　　　　　　　　　　（연체사）

　　이　　　그　　　저　　　어느

2. これ　　それ　　あれ　　どれ　　　　　　　　　　　　（지시 대명사）

　　이것　　그것　　저것　　어느것　　　　　　　　　　　　（사물）

3. ～と : ～와/과　　　　　　　　　　　　　　　　　　　　　（조사）

4. ～い+명사 : ～ㄴ/는　　　　　　　　　　　　　　（イ형용사의 연체형）

5. お願いします : 부탁 드립니다. 주세요.

6. ～で : (사정, 상태)～으로(서), ～에, ～해서　　　　　　　　（조사）

やってみましょう : 해 봅시다

1. 다음 메뉴에 적혀 있는 음식의 가격을 ひらがな로 써보세요.

おにぎり(삼각김밥) 350円	(1) 天ぷらうどんは(　　　　　　)円です。
牛丼(소고기덮밥) 580円	(2) 牛丼は(　　　　　)円で、おにぎりは
天ぷらうどん(튀김우동) 420円	(　　　　　)円です。

2. 다음 문장 중에 들어갈 알맞은 조사 및 단어를 보기에서 골
   라 넣으세요

보기 ▶　も、ど、で、ずつ、こちら、お返し、すみません、おかげさまで

(1) カタノさん（　　　）山田さんは会社員です。

(2) 金さん（　　　）会社員ですか。いいえ、ぼくは大学生です。

(3) （　　　）。このぼうし、いくらですか。

(4) カタノさん、（　　　）は韓国の金さんです。

(5) 500円の（　　　）です。また、どうぞ。

(6) そのかばんとこの帽子、一つずつお願いします。

(7) はい、（　　　）元気です。

25. 체육의 날

10월 둘째 주 월요일은 체육의 날로 일본 내의 많은 학교에서
운동회나 체육대회가 열린다. 이 날은 1964년에 치러진 도쿄 올
림픽을 기념해 만들어진 축제일이다. 이 날에는 아이들이 기마전
과 달리기하는 모습을 보려고 부모들이 도시락을 싸가지고 오고,
다른 학교에서 견학을 오기도 하는 등, 어린이들에게는 매우 특
별한 날이다.

스모(相撲)

스모(相撲) 선수

25. おいしくて安いです 맛있고 싸요.

カタノ： 金さん、この店 どうですか。

か金： 明るくて 広いですね。それに 値段も あまり 高くな
いですね。

カタノ： そうでしょう。安いでしょう。

この店は 値段も 安いので お客さんが おおいんで
すよ。

店員： 失礼します。ご注文、よろしいですか。

田中： とんかつと うどん お願いします。

店員： とんかつと うどんですね。少々お待ちください。

─ 단어 ─

おいしい 맛있다 / 安(やす)い 싸다 / 店(みせ) 가게

明(あか)るい 밝다, 명랑하다 / 広(ひろ)い 넓다 / それに 게다가, 더우기

値段(ねだん) 가격, 값 / あまり 그다지 / ~くない ~지 않다

そうでしょう 그렇죠? / ~でしょう ~(이)죠? / ~ので ~이어서, ~이므로

客(おきゅく)さん 손님 / ~が ~이/가 (조사) / 多(おお)い 많다

~んです ~습니다(회화체) / 失礼(しつれい)します 실례합니다

注文(ちゅうもん) 주문 / よろしい 좋다, 괜찮다 / とんかつ 돈가스

うどん 우동 / 少々(しょうしょう) 잠깐(만), 좀

待(おま)ちください 기다려 주십시오(주세요)

문법내용

1. 형용사(형용사)의 기본 문체 정중체

~です	~습니다	(현재 긍정형)
~ですか	~습니까?	(현재 의문형)
~くありません	~지 않습니다	(현재 부정형)
~くないです	~지않습니다	(현재 부정형)
~くて	~고/(워)아서	

2. でしょう↗ : ~이지요? ~죠?　　　　　　　　　　동의, 확인

　　でしょう↘ : ~이겠죠, ~일 것입니다　　　　　추측

3. ~ので : ~이어서, ~ 때문에, ~ 이므로　　　　조사

4. イ형 + ~んです : ~습니다　　　　　　　　　　회화체

5. ~が : ~이/가　　　　　　　　　　　　　　　　조사

やってみましょう : 해 봅시다

1. 다음 대화문의 괄호 안에 알맞은 말을 넣으세요.

(식당에 들어가면)

　　店員 : (　　　　　　　　　　　　　　　　　　　)

　　お客 : すみません。うどん(　　　　　　　　　　)

　　店員 : (　　　　　　　　　　　)お待ちください。は

　　　　　い、うどんです。どうぞ。

　　お客 : はい、どうも。

2. 다음 문장을 일본어로 작문하시오.

(1) 이 가게는 별로 비싸지 않군요.

____

(2) 그는 회사원이고, 그녀는 대학생입니다.

____

(3) 여기요. 튀김우동(てんぷらうどん)주세요.

____

26. 시치고산 (7 · 5 · 3)

11월 15일에는 세 살, 일곱 살 난 여자아이와 세 살, 다섯 살 난 남자아이들이 부모와 함께 신사에 참배를 간다. 세 살짜리 여자아이는 기모노 위에 빨간히후(코트)를 입는다. 일곱 살짜리 여자아이는 기모노를, 남자아이는 블레이저코트를 많이 입는다. 신사에서는 신관(新官) 주재로 아이들이 건강하게 자라도록 비는 액막이행사를 한다. 시치고산에는 일반적으로 종교에 관계없이 신사참배를 하는 가정이 많다. 옛날에는 세 살, 일곱 살 난 여자아이의 경우 기모노를 입고 있었으므로 「오비노이와이」라 하여, 이날 돌띠를 떼고 오비(허리띠)를 매기 시작했다. 남자아이는 하카마(일본 옷의 남자 정장 하의)를 입는 기념일이기도 했다.

시치고산이라는 명칭이 쓰이기 시작한 것은 메이지시대 이후로, 도쿄에서 간사이지방으로 퍼져, 지금은 일본 전국에서 치러지고 있다.

26. 何の果物が好きですか 무슨 과일을 좋아하세요?

カタノ ： わあ、すいかですね。

　ジア ： ああ、カタノさん。どうぞ、どうぞ。

カタノ ： あ、どうもありがとう。いただきます。

　ジア ： カタノさんはすいかが好きですか。

カタノ ： ええ、大好きですよ。甘くておいしいですね。金さん
　　　　　はどんな果物が好きなんですか。

　ジア ： 私はみかんとぶどうが好きなんです。

カタノ ： では、嫌いな果物はありますか。

　ジア ： すももはあまりすきじゃありません。

カタノ ： ああ、そうですか。私はももが嫌いなんです。

　ジア ： カタノさん、もう少し、どうぞ。

カタノ ： すみません。もういっぱいです。ごちそうさまでした。

단어

くだもの (果物) 과일 / なに (何) 무엇, 무슨 / す (好) きだ 좋아하다

わあ (감탄사) 와아, 야 / すいか 수박 / いただきます 잘 먹겠습니다.

ええ 예 (はい와 うん사이 표현) / だいす (大好) きだ 아주 좋아하다

甘 (あま) い 달다 / おいしい 맛있다 / どんな 어떤 / ~なんです (か) ~합니다 (까?)

みかん 귤 / ぶどう 포도 / きら (嫌) いだ 싫어하다 / すもも 자두 / もも 복숭아

もう 이미, 벌써 / すこ (少) し 조금, 약간 / ありますか 있습니까?

いっぱいだ 가득 차다, 많다 / ごちそうさまでした 잘 먹었습니다

문법내용

1. ナ형용사(형용동사)의 활용형태

~です	~합니다	(현재 긍정형)
~ですか	~합니까?	(현재 의문형)
~じゃ(では)ありません	~하지 않습니다	(현재 부정형)
~じゃ(では)ないです	~하지 않습니다	(현재 부정형)
~で	~하고/해서	
~な+명사	~한	ナ형용사의 연체형

2. が (大)好きです ~을/를 (아주) 좋아합니다
　　　が (大)嫌いです ~을/를 (아주) 싫어합니다

3. ナ형 な + 명사 : ~한　　　　　　　　ナ형용사의 연체형

4. 명사, ナ형な + んです ~입니다　　　　　　회화체

やってみましょう 해 봅시다

1. 다음 말들을 연결해서 알맞은 문장으로 만들어 보세요.

(1) わたしの友だちは　　　　　　・　　　　　・ もうお願いします。

(2) カタノ さんはみかんが好きで ・　　　　　・ むずかしいです。

(3) この本は漢字が多いので　　　・　　　　　・ 安くておいしいです。

(4) もうすこし、どうぞ。　　　・　　　　　・ 利はりんごが好きです。

(5) この店は　　　　　　　　　・　　　　　・ 親切で優しいんです。

2. 다음 문장을 일본어로 작문해보세요

(1) 내 친구는 학생이고, 나는 회사원입니다.

____

(2) 이 방은 넓어서 좋군요.

____

(3) 저는 일본어를 아주 좋아해요.

____

(4) 제가 좋아하는 과일은 배예요.

____

27. 크리스마스

　기독교 국가들의 크리스마스와는 달리 일본의 크리스마스에는 종교적 색채가 거의 없다. 크리스마스에는 크리스마스 트리와 크리스마스 선물, 그리고 양초, 케이크를 준비하고, 가족 또는 친구들과 모여 파티를 연다. 일본의 경우 설 다음으로 크리스마스를 치르고 있는 가정이 많으며, 산타클로스의 존재를 믿는 아이들도 적지 않다. 일본에서는 예수 탄생일인 12월 25일이 가족끼리 단란한 한때를 보내는 날로 자리 잡고 있는 듯하다. 그러나 공휴일은 아니다.

27. 旅行はどうでしたか 여행은 어땠어요?

ジア： ただいま。

カタノ： 金さん、お帰りなさい。別府温泉はどうでしたか。

ジア： よかったですよ。お湯もきれいだったし、景色も最高
でした。

カタノ： 観光客は多かったんですか。

ジア： いいえ、あまり多くなかったんです。

カタノ： 食べ物はどうだったんですか。

ジア： 値段はちょっと高かったんですが、おいしかったんで
す。それに人々もとても親切だったので、本当に楽し
い旅行でしたよ。

단어

おんせん (温泉) 온천 / りょこう (旅行) 여행 / どうでしたか 어땠습니까?

ただいま 다녀왔습니다 / おか (帰)りなさい 어서 (돌아)오세요

べっぷ (別府) 벳뿌(지명) / いや (감탄사) 야 / よい (いい) 좋다, 괜찮다

おゆ (湯) (더운) 물 / きれいだ 깨끗하다, 예쁘다 / ~し ~(하)고, ~는데다가

けしき (景色) 경치 / さいこう (最高) 최고 / かんこうきゃく (観光客) 관광객

おお (多)い 많다 / た (食)べもの (物) 음식(물) / ちょっと 좀, 잠깐

それに 게다가, 더욱이 / ひとびと (人々) 사람들

じもと (地元) (자신의) 고장, 그 고장 / ほんとう (本当)に 정말로, 진짜로

문법내용

1 . イ형용사 정중체의 과거형

~かった(ん)です	~웠/았습니다	(과거 긍정형)
~かった(ん)ですか	~웠/았습니까?	(과거 의문형)
~くありませんでした	~지 않았습니다	(과거 부정형)
~くなかった(ん)です	~지 않았습니다	(과거 부정형)

2. ナ형용사 정중체의 과거형

	형용사(형용동사)	명사	
でした(だった(ん)です)	~했습니다	~이었습니다	(과거 긍정형)
でしたか(だった(ん)ですか)	~했습니까?	~이었습니다	(과거 의문형)
じゃありませんでした	~하지 않았습니다	~이/가 아니었습니다	(과거 부정형)
じゃなかった(ん)です	~하지 않았습니다	~이/가 아니었습니다	(과거 부정형)

3. ~し : ~(하)고, ~는데다가

4. よい(いい) : 좋다, 괜찮다

やってみましょう : 해 봅시다

1. 다음 문장을 과거형으로 바꿔보세요.

(1) カタノさんは会社員ですか。

カタノさんは＿＿＿＿＿＿＿＿＿＿＿＿＿＿＿＿＿

(2) この店のパン、おいしいですよ。

この店のパン、＿＿＿＿＿＿＿＿＿＿＿＿＿＿＿

(3) 彼女はきれいでとても親切です。

彼女はきれいでとても＿＿＿＿＿＿＿＿＿＿＿＿

(4) 日本の冬はあまり寒くないです。

日本の冬はあまり＿＿＿＿＿＿＿＿＿＿＿＿＿＿

(5) 野菜はあまり好きじゃないです。

野菜はあまり＿＿＿＿＿＿＿＿＿＿＿＿＿＿＿＿

2. 다음 문장에서 틀린 부분을 고치시오.

(1) この本はとてもおもしろいでした。

＿＿＿＿＿＿＿＿＿＿＿＿＿＿＿＿＿＿＿＿＿＿＿

(2) ジアさん、果物は何を好きですか。

＿＿＿＿＿＿＿＿＿＿＿＿＿＿＿＿＿＿＿＿＿＿＿

(3) この部屋はあまりきれくないですね。

＿＿＿＿＿＿＿＿＿＿＿＿＿＿＿＿＿＿＿＿＿＿＿

(4) 温泉旅行はとてもいかったんです。

＿＿＿＿＿＿＿＿＿＿＿＿＿＿＿＿＿＿＿＿＿＿＿

28. 세밑

  12월 28일은 관공서의 「업무 마감」날이다. 12월 29일부터 그믐까지의 휴일에 일본 가정에서는 대청소를 하고 설 준비를 하느라 매우 분주하다. 요즈음은 설날 아침에 먹는 조니(떡국) 떡이나 가가미모치(설에 차리는 떡)도 떡집에 주문하면 배달해준다. 떡은 진공 팩에 포장되어 있어 오래 가고 또 언제라도 살 수 있으므로 설의 특별 음식으로서의 가치는 줄어들고 있다. 지방에서는 지금도 설 준비를 위해 「떡을 치는」곳이 있다. 가족, 친지가 모여 절구에 찹쌀을 넣고 절굿공이로 쳐서 떡을 만들어 먹는다.

  연말에 하는 청소는 「대청소」라 하여 특별히 공을 들여 청소한다. 창을 닦고, 마루의 광을 내고 서랍을 정리하며 장지와 맹장지를 다시 바른다. 대부분의 가정에서는 남자들도 거드는 경우가 많은데, 이와 같이 「대청소」는 한 가족이 단결하여 치르는 하나의 행사로서 의미를 갖는다 하겠다. 12월 31일은 「그믐」이다. 대청소도 끝나고 설을 맞이할 준비가 끝난 방에서 도시코시소바(섣달 그믐날 밤에 먹는 메밀 국수)를 먹는다. 이윽고 자정이 되면 「제야의 종」이 울린다. 가까이에 사원이 있는 곳에서는 차갑고 맑은 겨울 공기 속을 가르며 제야의 종이 「댕, 댕」울려 퍼지는 소리를 들을 수 있다. 메밀국수를 먹는 습관은 에도 시대 중기에 시작되었다. 메밀국수는 가늘고 길어 장수의 의미를 가지며, 또 쉽게 잘린다는 점에서 질병이나 빚과 「관계를 끊는다」는 의미도 있다. 메밀국수를 다 먹고 자정이 지나면 드디어 설이다. 「새해 복 많이 받으

조니(떡국)

세요, 新年 明けまして おめでとうございます。」라고 가족끼리
인사를 나눈다. 그리고는 차가운 공기를 기운차게 가르며 하쓰모
데(새해 첫 참배)를 떠나는 사람들도 있다. 그믐날 전철과 지하철은
하쓰모데를 떠나는 사람들을 위해 특별히 철야 운행한다고 한다.
연중행사는 본래 종교를 기원으로 생긴 것이지만, 기독교와 관계
없는 크리스마스, 또는 신도와 관계없는 하쓰모데처럼, 오랜 세
월 동안 세속화되어 왔다고 할 수 있다.

28. お誕生日はいつですか。 생일은 언제 입니까?

ジア： あした木村先生のお誕生日なんですけど、プレゼン
　　　 ト、何がいいでしょうか。

カタノ： うん。かわいいアクセサリーなんかどうですか。

ジア： あ、それいいですね。

カタノ： ところで、金さんのお誕生日はいつですか。

ジア： 利の誕生日は9月3日なんですよ。

カタノ： ああ、残念。もう過ぎましたね。じゃ、プレゼントは
　　　　 来年ですね。

ジア： いいえ、陰暦で9月3日だから陽暦では10月10日なんで
　　　 すよ。

カタノ： え、そうですか。プレゼントは何かいいですか。

ジア： カタノさんの時間をください。

カタノ： え?

ジア： だからデートしてください。

단어

(お)たんじょうび(誕生日) 생일, 생신 / いつ 언제 / ~けど ~(이지)만 (접속조사)

プレゼント 선물 / うん 음 (대답을 망설일 때) / かわいい 귀엽다

アクセサリー 악세사리, 장신구 / ~なんか ~등, ~따윈 / くがつ　(9月) 9월

みっか(3日) 3일 / ざんねん(残念) 아쉬움, 유감스러움

す(過)ぎる 지나다, 경과하다 / らいねん(来年) 내년 / いんれき(陰暦) 음력

~から (원인, 이유) ~(기) 때문에, 니까 / ようれき(陽暦) 양력

じゅうかつ　(10月) 10월 / とおか(10日) 10일

え 어, 네? (놀라거나 의아해서 내는 소리) / じかん(時間) 시간

문법내용

1. (お)たんじょうび(誕生日) 생일, 생신　　　　　　　　　　어휘

2. ~けど : ~(이지)만, ~인데　　　　　　　　　　접속조사

3. ~なんか : ~같은 건, ~따위　　　　　　　　회화체, 조사

4. ~から : (원인,이유) ~(기) 때문에, ~이어서, ~니까　　조사

やってみましょう : 해 봅시다

1. 다음 문장에서 틀린 부분을 고치세요.

(1) わたしのお誕生日はさんがつ(3月)みっか(3日)です。

____

(2) あしたはきゅうがつ(9月)じゅうよっか(14日)です。

____

(3) 山田先生は男性くありません。女性です。

____

(4) 木村さんのお誕生日はじゅうがつ(10月)いちにち(1日)です。

____

2. 다음 문장을 일본어로 작문해 보세요.

(1) 제 생일은 1월 17일입니다

____

(2) 선생님 생일은 언제입니까?

____

부록

부 록

1. 숫자 읽기

0	ゼロ、れい	14	じゅうよん、じゅうし	100	ひゃく	6,000	ろくせん
1	いち	15	じゅうご	200	にひゃく	7,000	ななせん
2	に	16	じゅうろく	300	さんびゃく	8,000	はっせん
3	さん	17	じゅうなな、じゅうしち	400	よんひゃく	9,000	きゅうせん
4	し、よん	18	じゅうはち	500	ごひゃく	10,000	いちまん
5	ご	19	じゅうきゅう、じゅうく	600	ろっぴゃく	100,000	じゅうまん
6	ろく	20	にじゅう	700	ななひゃく	1,000,000	ひゃくまん
7	なな、しち	30	さんじゅう	800	はっぴゃく	10,000,000	いっせんまん
8	はち	40	よんじゅう、しじゅう	900	きゅうひゃく	100,000,000	いちおく
9	きゅう、く	50	ごじゅう	1,000	せん		
10	じゅう	60	ろくじゅう	2,000	にせん		
11	じゅういち	70	ななじゅう、しちじゅう	3,000	さんぜん		
12	じゅうに	80	はちじゅう	4,000	よんせん		
13	じゅうさん	90	きゅうじゅう	5,000	ごせん		

2. 시간 읽기

	時(시)	단위	分(분)	秒(초)
1時	いちじ	1	いっぷん	いちびょう
2時	にじ	2	にふん	にびょう
3時	さんじ	3	さんぷん	さんびょう
4時	よじ	4	よんぷん	よんびょう
5時	ごじ	5	ごふん	ごびょう
6時	ろくじ	6	ろっぷん	ろくびょう
7時	しちじ	7	なな、しちふん	なな、しちびょう
8時	はちじ	8	はっぷん、はちふん	はちびょう
9時	くじ	9	きゅうふん	きゅうびょう
10時	じゅうじ	10	じゅっぷん	じゅうびょう
11時	じゅういちじ	15	じゅうごふん	じゅうごびょう
12時	じゅうにじ	20	にじゅっぷん	にじゅうびょう
何時	なんじ	25	にじゅうごふん	にじゅうごびょう
		30	さんじゅっぷん	さんじゅうびょう
		35	さんじゅうごふん	さんじゅうごびょう
		40	よんじゅっぷん	よんじゅうびょう
		45	よんじゅうごふん	よんじゅうごびょう
		50	ごじゅっぷん	ごじゅうびょう
		55	ごじゅうごふん	ごじゅうごびょう
		60	ろくじゅっぷん	ろくじゅうびょう
		何	なんぷん	なんびょう

3. 월 읽기

1月	2月	3月	4月	5月
いちがつ	にがつ	さんがつ	しがつ	ごがつ
6月	7月	8月	9月	10月
ろくがつ	しちがつ	はちがつ	くがつ	じゅうがつ
11月	12月	何月		
じゅういちがつ	じゅうにがつ	なんがつ		

4. 날짜 읽기

1日	2日	3日	4日	5日
ついたち	ふつか	みっか	よっか	いつか
6日	7日	8日	9日	10日
むいか	なのか	ようか	ここのか	とおか
11日	12日	13日	14日	15日
じゅういちにち	じゅうににち	じゅうさんにち	じゅうよっか	じゅうごにち
16日	17日	18日	19日	20日
じゅうろくにち	じゅうしちにち	じゅうはちにち	じゅうくにち	はつか
21日	22日	23日	24日	25日
にじゅういちにち	にじゅうににち	にじゅうさんにち	にじゅうよっか	にじゅうごにち
26日	27日	28日	29日	30日
にじゅうろくにち	にじゅうしちにち	にじゅうはちにち	にじゅうくにち	さんじゅうにち
31日	何日			
さんじゅういちにち	なんにち			

5. 요일 읽기

日曜日	月曜日	火曜日	水曜日
にちようび	げつようび	かようび	すいようび
木曜日	金曜日	土曜日	何曜日
もくようび	きんようび	どようび	なんようび

6. 기간 읽기

	週間 주일	ヶ月 개월	年 년	泊 박
1	一週間 いっしゅうかん	一ヶ月 いっかげつ	一年 いちねん	一泊 いっぱく
2	二週間 にしゅうかん	二ヶ月 にかげつ	二年 にねん	二泊 にはく
3	三週間 さんしゅうかん	三ヶ月 さんかげつ	三年 さんねん	三泊 さんぱく
4	四週間 よんしゅうかん	四ヶ月 よんかげつ	四年 よねん	四泊 よんぱく
5	五週間 ごしゅうかん	五ヶ月 ごかげつ	五年 ごねん	五泊 ごはく
6	六週間 ろくしゅうかん	六ヶ月 ろっかげつ	六年 ろくねん	六泊 ろっぱく
7	七週間 ななしゅうかん	七ヶ月 ななかげつ	七年 ななねん/しちねん	七泊 ななはく
8	八週間 はっしゅうかん	八ヶ月 はっかげつ はちかげつ	八年 はちねん	八白 はっぱく はちはく
9	九週間 きゅうしゅうかん	九ヶ月 きゅうかげつ	九年 きゅうねん	九泊 きゅうはく
10	十週間 じ(ゅ)っしゅうかん	十ヶ月 じ(ゅ)うかげつ	十年 じゅうねん	十泊 じ(ゅ)っぱく
何	何週間 なんしゅうかん	何ヵ月 なんかげつ	何年 なんねん	何泊 なんぱく

7. 때 읽기

	日(날)	週(주)	月(달)	年(해)
과거	おととい (그저께)	せんせんしゅう 先々週 (지지난 주)	せんせんげつ 先々月 (지지난 달)	おととし 一昨年 (재작년)
	きのう 昨日 (어제)	こんしゅう 今週 (지난 주)	せんげつ 先月 (지난 달)	きょねん　さくねん 去年、昨年 (작년)
현재	きょう 今日 (오늘)	こんしゅう 今週 (이번 주)	こんげつ 今月 (이번 달)	ことし 今年 (올해, 금년)
미래	あした, あす 明日 (내일)	らいしゅう 来週 (다음 주, 내주)	らいげつ 来月 (다음 달)	らいねん 来年 (내년)
	あさって (모레)	さらいしゅう 再来週 (다다음 주)	さらいげつ 再来月 (다다음 달)	さらいねん 再来年 (내후 년)
	しあさって (글피)			
매	まいにち 毎日 (매일)	まいしゅう 毎週 (매주)	まいげつ, まいつき 毎月 (매달)	まいねん, まいとし 毎年 (매년)

8-1. 조수사

	和数字	枚(장)	台(대)	番(번)	名(명)
	우리말의 하나, 둘, 셋, 넷… 에 해당하는 말	얇고 평평한 물체를 셀 때: (예) 종이, 손수건, 지폐 등	가전 제품(냉장고, TV, 비디오 등), 자동차, 기계 등	순서, 차례를 나타낼 때	사람을 셀 때
1	一つ ひちつ	一枚 いちまい	一台 いちだい	一番 いちばん	一名 いちめい
2	二つ ふたつ	二枚 にまい	二台 にだい	二番 にばん	二名 にめい
3	三つ みっつ	三枚 さんまい	三台 さんだい	三番 さんばん	三名 さんめい
4	四つ よっつ	四枚 よんまい	四台 よんだい	四番 よんばん	四名 よんめい
5	五つ いつつ	五枚 ごまい	五台 ごだい	五番 ごばん	五名 ごめい
6	六つ むっつ	六枚 ろくまい	六台 ろくだい	六番 ろくばん	六名 ろくめい
7	七つ ななつ	七枚 ななまい	七台 ななだい	七番 ななばん	七名 ななめい
8	八つ やっつ	八枚 はちまい	八台 はちだい	八番 はちばん	八名 はちめい
9	九つ ここのつ	九枚 きゅうまい	九台 きゅうだい	九番 きゅうばん	九名 きゅうめい
10	十 とお	十枚 じゅうまい	十台 じゅうだい	十番 じゅうばん	十名 じゅうめい
何	いくつ	何枚 なんまい	何台 なんだい	何番 なんばん	何名 なんめい

8-2. 조수사

	本(자루)	杯(잔)	階(층)	匹(마리)	冊(권)
	가늘고 긴 물체를 셀 때 : (예) 연필, 우산, 담배, 넥타이등	액체가 담긴 물체를 셀 때 : (예) 술, 물, 주스 등	건물의 층을 셀 때	동물을 셀 때 (주로 작은 동물) : (예) 개, 고양이, 닭, 양 등	책 같이 철해진 두꺼운 물체를 셀 때
1	一本 いっぽん	一杯 いっぱい	一階 いっかい	一匹 いっぴき	一冊 いっさつ
2	二本 にほん	二杯 にはい	二階 にかい	二匹 にひき	二冊 にさつ
3	三本 さんぼん	三杯 さんばい	三階 さんかい	三匹 さんびき	三冊 さんさつ
4	四本 よんほん	四杯 よんはい	四階 よんかい	四匹 よんひき	四冊 よんさつ
5	五本 ごほん	五杯 ごはい	五階 ごかい	五匹 ごひき	五冊 ごさつ
6	六本 ろっぽん	六杯 ろっぱい	六階 ろっかい	六匹 ろっぴき	六冊 ろくさつ
7	七本 ななほん	七杯 ななはい	七階 ななかい	七匹 ななひき	七冊 ななさつ
8	八本 はっぽん はちほん	八杯 はっぱい はちはい	八階 はっかい はちかい	八匹 はっぴき	八冊 はっさつ
9	九本 きゅうほん	九杯 きゅうはい	九階 きゅうかい	九匹 きゅうひき	九冊 きゅうさつ
10	十本 じ(ゅ)っぽん	十杯 じ(ゅ)うはい	十階 じ(ゅ)うかい	十匹 じ(ゅ)うぴき	十冊 じ(ゅ)っさつ
何	何本 なんぼん	何杯 なんばい	何階 なんかい	何匹 なんびき	何冊 なんさつ

8-3. 조수사

	足(켤레)	個(개)	回(회, 번)	歳(세, 살)	人(명, 사람)
	양말, 구두를 셀 때	물건을 살 때 : (예) 사과, 빵, 달걀 등	횟수를 셀 때	나이를 셀 때	사람을 셀 때
1	一足 いっそく	一個 いっこ	一回 いっかい	一歳 いっさい	一人 ひとり
2	二足 にそく	二個 にこ	二回 にかい	二歳 にさい	二人 ふたり
3	三足 さんぞく	三個 さんこ	三回 さんかい	三歳 さんさい	三人 さんにん
4	四足 よんそく	四個 よんこ	四回 よんかい	四歳 よんさい	四人 よにん
5	五足 ごそく	五個 ごこ	五回 ごかい	五歳 ごさい	五人 ごにん
6	六足 ろくそく	六個 ろっこ	六回 ろっかい	六歳 ろくさい	六人 ろおくにん
7	七足 ななそく	七個 ななこ	七回 ななかい	七歳 ななさい	七人 ななにん
8	八足 はっそく	八個 はっこ　はちこ	八回 はっかい はちかい	八歳 はっさい	八人 はちにん
9	九足 きゅうそく	九個 きゅうこ	九回 きゅうかい	九歳 きゅうさい	九人 きゅうにん, くにん
10	十足 じ（ゅ）っそく	十個 じ（ゅ）っこ	十回 じ（ゅ）っかい	十歳 じ（ゅ）っさい	十人 じゅうにん
何	何足 なんぞく	何個 なんこ	何回 なんかい	何歳 なんさい	何人 なんにん

9. 가족의 호칭

호칭	자기 가족을 부를 때	자기 가족을 남에게 말할 때	남의 가족을 부를 때
할아버지	おじい(祖父)さん/ちゃん	そふ(祖父)	おじい(祖父)さん
할머니	おばあ(祖母さん)さん/ちゃん	そぼ(祖母)	おばあ(祖母)さん
아버지	おとう(父)さん/ちゃん	ちち(父)	おとう(父))さん
어머니	おかあ(母)さん/ちゃん	はは(母)	おかあ((母)さん
부모/부모님		りょうしん(両親)	ごりょうしん(両親)
백숙/숙부/고모부 외삼촌/이모부	おじさん/ちゃん	おじ(伯父/叔父)	おじさん
백모/숙모/고모 외숙모/이모	おばさん	おば(伯母/叔母)	おばさん
형/오빠	おにい(兄)さん/ちゃん	あに(兄)	おにい(兄)さん
누나/언니	おねえ(姉)さん/ちゃん	あね(姉)	おねえ(姉)さん
남동생	이름	おとうと(弟)	おとうと(弟)さん
여동생	이름	いもうと(妹)	いもうと(妹)さん
아들/아드님	이름	むすこ(息子)	むすこ(息子)さん
딸/따님	이름	むすめ(娘)	むすめ(娘)さん おじょうさん
형제/형제분		きゅうだい(兄弟)	ごきょうだい(兄弟)
남편		おっと(夫) しゅじん(主人)	ごしゅじん(主人)
아내, 처/집사람 부인/사모님		つま(妻) かない(家内)	おく(奥)さん/ おく(奥)さま
아이/자제분	이름	こども(子供)	こども(子供)さん おこ(子)さん
손자, 손녀	이름	まご(孫)	おまご(孫)さん
사촌		いとこ	いとこさん
남자조카	이름	おい	おいこさん
여자조카	이름	めい	めいごさん

10. 사람의 신체 명칭

あたま(頭) – 머리	はな(鼻) – 코
ひたい(額)/おでこ – 이마	は(歯) – 이
かみ(髪)のけ(毛) – 머리카락	くち(口) – 입
まゆげ(眉毛) – 눈썹	くちびる(唇) – 입술
め(目) – 눈	あご(顎) – 턱
まぶた – 눈꺼풀	くび(首) – 목
みみ(耳) – 귀	のど(喉) – 목(구멍)
ほお/ほっぺた – 뺨, 볼	ひじ – 팔꿈치
かた(肩) – 어깨	はら(腹)、おなか(腹) – 배
むね(胸) – 가슴	てくび(手首) – 손목
わき(脇) – 겨드랑이	こし(腰) – 허리
うで(腕) – 팔	へそ – 배꼽
せなか(背中) – 등	ひざ(膝) – 무릎
て(手)のこう(甲) – 손등	ふくらはぎ – 종아리
て(手) – 손	あしくび(足首) – 발목
て(手)のひら(平) – 손바닥	あし(足) – 발
つめ(爪) – 손톱	あし(足)のつめ(爪) – 발톱
ゆび(指) – 손가락	かかと – 발뒤꿈치
(お)しり(尻) – 엉덩이	あし(足)のゆび(指) – 발가락
ふともも(太股) – 허벅지	

11. 동사 활용표

	기본형	ます형	て형	た형	たら형	ない형
1그룹동사 (오단동사)	会う	会います	会って	会った	会ったら	会わない
	待つ	待ちます	待って	待った	待ったら	待たない
	帰る	帰ります	帰って	帰った	帰ったら	帰らない
	飲む	飲みます	飲んで	飲んだ	飲んだら	飲まない
	死ぬ	死にます	死んで	死んだ	死んだら	死なない
	遊ぶ	遊びます	遊んで	遊んだ	遊んだら	遊ばない
	書く	書きます	書いて	書いた	書いたら	書かない
	泳ぐ	泳ぎます	泳いて	泳いだ	泳いだら	泳がない
	話す	話します	話して	話した	話したら	話さない
	*行く	行きます	行って	行った	行ったら	行かない
2그룹동사 (일단동사)	見る	見ます	見て	見た	見たら	見ない
	食べる	食べます	食べて	食べた	食べたら	食べない
3그룹동사 (サ변격, カ변격 동사)	来る	来ます	来て	来た	来たら	来ない
	する	します	して	した	したら	しない
	勉強する	勉強します	勉強して	勉強した	勉強したら	勉強しない
	정중체	～ます	～まして	～ました		～ません

	ば형	가능형	의지·권유형	명령형	れる형	せる형
1그룹동사 (오단동사)	会えば	会える	会おう	会え	会われる	会わせる
	待てば	待てる	待とう	待て	待たれる	待たせる
	帰れば	帰れる	帰ろう	帰れ	帰られる	帰らせる
	飲めば	飲める	飲もう	飲め	飲まれる	飲ませる
	死ねば	死ねる	死のう	死ね	死なれる	死なせる
	遊べば	遊べる	遊ぼう	遊べ	遊ばれる	遊ばせる
	書けば	書ける	書こう	書け	書かれる	書かせる
	泳げば	泳げる	泳ごう	泳げ	泳がれる	泳がせる
	話せば	話せる	話そう	話せ	話される	話させる
	行けば	行ける	行こう	行け	行かれる	行かせる
2그룹동사 (일단동사)	見れば	見られる	見よう	見ろ	見られる	見させる
	食べれば	食べられる	食べよう	食べろ	食べられる	食べさせる
3그룹동사 (サ변격, カ변격 동사)	来れば	来られる	来よう	来い	来られる	来させる
	すれば	できる	しよう	しろ	される	させる
	勉強すれば	勉強できる	勉強しよう	勉強しろ	勉強される	勉強させる
	정중체		〜ましょう		〜ます	〜ます

12. イ形容사 · ナ形容사 활용표

	기본형	です형	て형	ない형	た형
イ形容사	高い	高いです	高くて	高くない	高かった
	おいしい	おいしいです	おいしくて	おいしくない	おいしかった
	よい，いい	よいです いいです	よくて	よくない	よかった
	ない	ないです	なくて	ない	なかった
ナ形容사	きれいだ	きれいです	きれいで	きれいで(は)ない	きれいだった
	静かだ	静かです	静かで	静かで(は)ない	静かだった
	親切だ	親切です	親切で	親切で(は)ない	親切だった
	簡単だ	簡単です	簡単で	簡単で(は)ない	簡単だった
	ハンサムだ	ハンサムです	ハンサムで	ハンサムでない	ハンサムだった
	*同じだ	同じです	同じで	同じで(は)ない	同じだった
정중체	〜です			く(は)ありません で(は)ありません じゃありません	〜かったです 〜でした

	연체형	추량형	조건 · 가정형		부사형
イ형용사	高い（たか）	高いだろう	高いなら 高ければ	高かったら	高く
	おいしい	おいしいたろう	おいしいなら おいしければ	おいしかったら	おいしく
	よい·いい	よいだろう いいだろう	よいなら よければ	よかったら	よく
	ない	ないだろう	ないなら なければ	なかったら	なく
ナ형용사	きれいな	きれいだろう	きれいなら	きれいだったら	きれいに
	静かな（しず）	静かだろう	静かなら	静かだったら	静かに
	静な（しず）	親切だろう	親切なら	親切だったら	親切に
	簡単な（しんせつ）	簡単だろう	簡単なら	簡単だったら	簡単に
	ハンサムな	ハンサムだろう	ハンサムなら	ハンサムだったら	ハンサムに
	*同じ（おな）	同じだろう	同じなら	同じだったら	同じに
	정중체	˜でしょう	˜でしたら		

참고 문헌

구견서,『현대 일본 문화론』, 시사일본어사, 2000
김숙자 외,『사진으로 보고 가장 쉽게 읽는 일본 문화』, 시사일본어사,
　　　2010
도미나가 겐이치 저, 윤덕홍 역,『현대 일본 사회의 이해』, 중문 출판사,
　　　1994
박전열 외,『일본문화와 예술』, 한누리미디어, 2000
박진우,『근대 일본 형성기의 국가와 민중』, 제이앤씨 2004
박화진·김병두,『일본문화 속으로』, 일본어뱅크, 2002
시사일본어사 편,『일본인의 생활 365일』, 시사일본어사, 1994
아사이신문사,『아사히주니어북 일본의 역사』, 2002
연민수,『일본역사』, 보고사, 1998
이영·이재석,『일본 고·중세사』, 사계절, 2011
이재석 역(이쿠타 사토시),『교양인을 위한 일본사』, 청어람 미디어,
　　　1998
최장근 외,『새로운 일본의 이해』, 다락원, 2002
하라 준스케 외 저, 정현숙 역,『일본의 사회계층』, 한울아카데미, 2002
한영혜,『일본사회개설』, 한울아카데미, 2001
한일문화교류기금 편,『일본의 정치·경제·사회』, 경인문화사, 2005
홍윤기,『일본문화백과』, 서문당, 2000

참고사이트

http://www.artsonline.or.kr
http://www.infojapan.co.kr
http://www.shochiku.co.jp
http://www.kinsui.co.jp
http://www.japong.com/shikoku/kochi.htm
http://br1125.new21.org
http://ohdearlord.nahome.org
http://100.naver.com.nhn?docid=130044
http://cafe238.daum.net
http://miki0406.web.infoseek.co.jp
http://dr-green.hp.infoseek.co.jp

저자 권현주

전북대학교 겸임부교수

경력

- 상명대학교 일어일문학과 졸업
- 상명대학교 대학원 일어일문학과 졸업
- 이화여자대학교 교육대학원 한국어교육학과 졸업
- 전북대학교 대학원 문학박사, 일본문화

공저

- 『외국인 학습자를 대상으로 한 한국어 교수법』, 삶과 꿈, 1999

논문

「長明와 兼好의 은둔사상 비교 연구」, 상명대학교 석사학위 청구논문, 1992

「일본인 학습자를 대상으로 한 한국어 발음 교수법 연구」, 이화여대 교육대학원 석사학위 청구논문, 1996

「하나후다와 화투에 투영된 문화기호의 구조적 연구」, 전북대학교 박사학위 청구논문, 2011

소논문

「일본의 역사 교과서 왜곡 문제에 대한 고찰」, 전주대학교 인문과학연구 제9호, 2003

「花札의 '전통 문화 기호'와 花鬪의 '놀이 문화 기호' 考察」, 일본어문학 제23집, 2004

「일본의 자이바쯔(財閥)와 한국의 재벌(財閥)에 관한 비교 고찰」, 전주대학교 인문과학연구 제10호, 2005

「한국어 교육과 명칭에 대한 역사적 고찰 및 실태 분석 ―일본의 고등 교육기관을 대상으로―」, 성균관대학교 인문과학연구 제38집, 2006

「야스쿠니신사(靖國神社)참배로 바라본 신도의 忠想性에 관한 고찰」, 전주대학교 인문과학연구 제11호, 2006

「일본어 가나표기의 변화양상에 관한 고찰」, 일본어문학 제28집, 2006

「일본 내 한국어 교재의 명칭에 대한 실태 분석」, 한국어교육 제17권 2호, 2006

「일본어의 음장(length)을 이용한 한국어 종성 발음 인지 교육 방안」, 일본어문학 제31집, 2006

「특수음소의 변이음을 이용한 한국어 종성 발음 인지 교육 방안」, 일본어문학 제31집, 2006

「NHK 한국어 강좌 교재의 바음표기에 대한 실태 분석 ―종성 발음을 중심으로―」, 한국어교육 제19권 1호, 2008

「'전통문화기호' 양상의 花札 변천사」, 일본어문학 제42집, 2009

일본의 풍경

초판인쇄 2011년 8월 18일   **초판발행** 2011년 8월 25일

저자 권현주   **발행처** 도서출판 지식과 교양   **등록** 제2010-19호
주소 132-908 서울시 도봉구 창5동 320번지 행정지원센터 B104호
전화 02-900-4520 / 02-900-4521   **팩스** 02-900-1541   **전자우편** kncbook@hanmail.net
책임편집 홍선아

ⓒ 권현주 2011 All rights reserved. Printed in KOREA

ISBN 978-89-94955-39-1 03830   **정가** 16,000원

저자와 협의하여 인지는 생략합니다. 잘못된 책은 바꾸어 드립니다.
이 책의 무단 전재나 복제 행위는 저작권법 제98조에 따라 처벌받게 됩니다.

이 도서의 국립중앙도서관 출판도서목록(CIP)은 e-CIP홈페이지(http://www.nl.go.kr/ecip)에서
이용하실 수 있습니다. (CIP제어번호: CIP2011003439)